I0671192

La terre des

Ancêtres - Nouvelle

Entre Feu et Glace

DARGAUD NOÉMIE

DARGAUD Noémie

ISBN :
ISBN-13 : 978-2-9567313-2-0

<u>DÉDICACE</u>

À mon père qui me pousse chaque jour à donner le meilleur de moi-même.

TABLE DES MATIÈRES

REMERCIEMENTS

Un grand merci à tous mes lecteurs qui m'ont soutenue dans le tome I. J'ai pensé que Nym et Raphaël méritaient que l'on s'attarde davantage sur leur histoire. C'est un couple qui me tient très à cœur. J'espère que leurs aventures vous plairont en attendant la sortie du tome II.
Je remercie aussi toutes les personnes qui m'ont épaulée tout au long de l'écriture de ce livre. Sans vous, il n'aurait pas vu le jour.
Je vous aime.

Noémie

DARGAUD Noémie

Prologue

Trois ans avant le poids de l'âme (tome I).

La fête battait son plein. La cérémonie de passage d'Isa dans le monde adulte était grandiose. Un grand brasier trônait au centre de la place du village. Elma, l'Ancienne, dansait aux côtés de l'esprit du feu. Celui-ci riait avec joie aux festivités.

Les lieux étaient entièrement recouverts de pétales de fleurs blanches et rouges. Des lanternes en papier de riz flottaient dans les airs, comme suspendues par une multitude de fils invisibles.

Les femelles étrennaient pour la plupart des tenues légères, très osées et si transparentes qu'il n'était pas nécessaire d'imaginer leur anatomie. Lors de telles occasions, les mâles en profitaient pour courtiser leur future conquête, d'une vie ou d'une nuit, peu importait...

Personnellement, je préférais rester loin de toute cette mise en scène. Ce genre de réjouissances ne me plaisait guère. Je portais donc un jean bleu simple et un débardeur blanc moulant. Jack m'avait demandé de venir à la fête et j'avais obéi aux désirs de mon Alpha sans grand enthousiasme.

William me repéra immédiatement dans la foule. Il me fit un petit signe de la main, m'invitant à le rejoindre. Will était le fils aîné de Jack et le futur Alpha de la meute. Il était un bon parti pour une femelle de mon rang, mais nous étions simplement amis. Beaucoup de louves espéraient obtenir ses bonnes grâces. Toutefois, Will aimait un peu trop les plaisirs de la chair et ne s'en cachait pas... Il était toujours honnête avec les femmes qu'il accueillait dans son lit.

Voyant que je ne me déplaçais pas, il abandonna sa partenaire pour venir à ma rencontre. Cette dernière me foudroya du regard. Elle était si près du but...

Chapitre 1

Will m'attrapa par la main et m'attira à lui.

– Nym, viens ! Participe à la fête !

Il me sourit avec bienveillance. Il n'essayait jamais de me charmer et je lui en étais reconnaissante.

– Tu sais bien que je déteste ce genre d'événement ! Je ne voulais pas venir, ton père m'a forcé la main !

Il posa sur moi un regard critique.

– Quoi ?

– Ta tenue n'est pas des plus séduisantes ! Tu aurais pu faire un effort !

Je grondais, lui montrant les crocs. Personne ne faisait de choses aussi stupides. Grogner sur son futur Alpha était synonyme de défiance. Néanmoins, Will l'encaissa avec un sourire en coin.

– Je ne te demande pas de porter la même chose que les autres femelles, mais un jean…

Il m'examina de la tête aux pieds, tout en maintenant l'une de mes mains en l'air.

– Bref, viens danser ! Juste cinq minutes, pour me faire plaisir !

L'homme m'entraîna sur la place, ne prêtant aucune attention à mes injures. Certains loups nous regardaient surpris, voire médusés. Mon ami dansa avec moi et prit grand soin de ne pas m'effleurer trop intimement pour ne pas démotiver d'éventuels prétendants.

Soudain, le regard de Will s'attarda dans mon dos, ses lèvres s'étirèrent. Il prit alors ma main et me fit virevolter brusquement sur moi-même.

J'en perdis l'équilibre et me préparai à l'impact, mais des bras fermes m'entourèrent avant que je n'atteignisse le sol. J'ouvris les yeux, et aperçus le regard vert hypnotique du mâle. Il m'observait avec curiosité, comme s'il n'avait pas fait exprès de me retenir.

Raphaël était le frère adoptif de Will et son meilleur ami. Ils étaient toujours fourrés ensemble. L'un n'allait pas sans l'autre.

Il me redressa en fronçant les sourcils.

– Eh bien, tu sors du lot toi !

Le jeune homme me sourit malicieusement. Je lui rendis la politesse tout en me décalant de quelques pas. Raphaël était l'un de ces hommes que l'on peut qualifier de beaux. Ses cheveux bruns étaient soyeux, son visage harmonieux et ses yeux, d'un vert irréel. Nous nous connaissions depuis notre plus tendre enfance. Je le côtoyais principalement lors de nos apprentissages au combat. Seulement, le rang de nos familles respectives ne nous plaçait pas sur le même plan social. Bien que chaque lycanthrope pût choisir son partenaire de vie, Raphaël ne m'avait jamais accordé la moindre attention. Il ne m'adressait par ailleurs la parole qu'en de rares occasions.

Le fait qu'il m'accoste ce soir me perturbait beaucoup.

– Je ne pensais pas te voir à cette soirée, Nymrasis !

Je secouai la tête négativement.

– Nym ! Je n'aime pas mon prénom ! Jack m'a demandé d'être présente, me justifiai-je.

Ses lèvres séduisantes s'étirèrent davantage.

– Eh bien ! Puisque tu es déjà sur la piste, dansons !

Je n'opposais pas de résistance. Après tout, il n'y avait rien de mal à profiter de la soirée. Quelques minutes s'écoulèrent avant la fin du morceau de musique. Essoufflée, je me dirigeai vers la table de banquet afin de me désaltérer. Raphaël me suivit discrètement.

– C'était sympa ! Merci pour la danse.

Son sourire étirait la commissure de ses lèvres en une moue sexy. Il était indéniablement beau. William était charmeur et bien bâti, il plaisait aux femmes. Raphaël, quant à lui, était juste magnifique, ce qui palliait son mauvais caractère. Je levai un sourcil inquisiteur, c'était trop beau pour être vrai.

Bien trop beau !

– Tu as raison, c'était cool ! Je me tire maintenant. Salut !

Mon appartement se situait à la lisière du village. Je me faufilais entre les arbres à la frondaison luxuriante. La nuit était splendide et je comptais bien admirer les étoiles avant de me coucher. Dans l'ensemble, ma soirée ne s'était pas trop mal passée jusqu'au moment où je fus rattrapée par le beau mâle.

– On pourrait faire un petit bout de chemin

ensemble !

Je haussai les épaules nonchalamment, sa présence ne m'était pas désagréable. Je me surpris même à l'apprécier. Jouer les femmes frivoles ne me ressemblait guère.

– Ne souhaites-tu pas profiter de la fête ?

Le jeune homme secoua la tête négativement, s'approcha davantage et posa sa main sur la courbe de mes hanches.

– Non ! D'ailleurs, nous pourrions dormir ensemble ce soir.

Je m'arrêtai net et me tournai pour faire face au loup.

Et voilà… Les hommes ne savaient-ils donc jamais quand se taire ?

– Tu es en train de me dire que tu veux me baiser ?

Raphaël fronça les sourcils, indigné.

– Oui, c'est ce qu'il se passe généralement entre deux adultes…

Je fus d'abord stupéfaite par son honnêteté, puis une vague de colère me submergea.

– Non, mais je rêve ! Je ne suis pas l'une de ces filles qui écartent les cuisses quand tu le lui ordonnes ! Va te faire voir, connard !

Je le repoussai violemment. Raphaël ne me connaissait pas très bien et, pour être franche, n'avait fait aucun effort dans ce sens. Il ne résista pas, leva les mains en l'air tout en éclatant de rire.

– Va te faire mettre ! Putain ! continuai-je à déblatérer.

Une lueur de colère traversa soudainement son regard. Cette fois, j'avais dépassé les bornes. Le loup gronda, ses yeux verts tachetés d'or virèrent à l'émeraude.

– À qui penses-tu t'adresser là ?

Ma fierté en prit un sacré coup. D'instinct, je répliquai. Mes crocs s'allongèrent, ma louve était prête à bondir. Je n'étais pas une femelle soumise et ne le serai

8

jamais.

– Tu es bien sûr de toi ! Crois-tu vraiment avoir le dessus ? Je ne me laisserai pas faire sous prétexte que tu possèdes un rang plus élevé !

Il renifla, dédaigneux. Son visage s'éclaira d'un air séducteur.

– Cela ne m'étonne pas que tu ne participes jamais aux fêtes. Aucun mâle ne veut d'une femme à l'allure d'un mec dans son lit… Même Will ne veut pas de toi !

Sur ce, il se détourna et partit rejoindre une jolie louve aux cheveux blonds vénitiens et aux formes aguicheuses. Ses mains se posèrent sur la courbe de ses reins puis remontèrent le long de son corps, jusqu'à l'un de ses seins. Il tira sur l'une des mèches de ses cheveux. Cette dernière pencha la tête, complètement sous le charme. L'homme me jeta un ultime regard moqueur avant d'embrasser fougueusement la louve.

Je me détournais du spectacle et rentrais à la maison. Cependant, le mal était fait. Voilà exactement pourquoi je ne participais presque jamais aux réjouissances. Bien sûr, j'avais beaucoup d'amis, surtout chez la gent masculine. Je côtoyais peu les autres femmes de la meute. D'un caractère que ma mère qualifiait d'insupportable et peu féminin, rares sont les personnes qui avaient le courage de m'aborder. J'étais très dominante, ce qui posait problème au peu d'hommes qui avait tenté de me séduire.

C'est-à-dire : deux ou trois, en tout et pour tout…

Évidemment, je ne comptais pas mes flirts d'adolescente prépubère. Mon souci était que je ne savais pas lâcher prise et préférais garder le contrôle en toute situation. Le sexe en était devenu un vrai calvaire. Les mâles dominants avaient tendance à ne pas apprécier mon insoumission et me la reprochaient clairement. Généralement, ils ne souhaitaient pas réitérer l'expérience une seconde fois. Ces attitudes me blessaient de plus en plus, tout comme les paroles de Raphaël venaient de le faire, mais il était hors de question que je l'avoue, même sous la torture. Au lieu de cela, je me cachais derrière ma fierté.

Perdue dans mes pensées, je ne pris pas le temps d'admirer les étoiles et rentrai directement. Je montais les marches incrustées dans l'arbre qui menaient à l'appartement. Celles-ci avaient été formées par la torsion de l'écorce. Le sort d'une Ancienne bien plus vieille qu'Elma y était sûrement pour quelque chose.

Mon logis comptait deux pièces, largement suffisant pour une personne célibataire. J'allumais la petite télévision pour me tenir compagnie et allais laver toutes mes émotions négatives. L'eau avait cet effet apaisant sur moi, comme si plus rien ne pouvait m'atteindre. Pourtant, aujourd'hui cela ne fonctionna pas. Personne ne m'avait peinée à ce point auparavant et je ne m'étais jamais sentie aussi seule qu'à cet instant. Je réalisais que les autres femelles, plus douces et plus soumises, n'avaient pas de problèmes pour trouver un compagnon ou même une aventure d'une nuit. Je n'aimais pas l'idée de coucher avec un homme simplement pour le sexe, mais je n'étais pas une sainte non plus. Seulement, j'avais toujours cette impression que les mâles voulaient être les maîtres du jeu, même si aucun d'eux n'avait réussi à me faire courber l'échine.

Je m'allongeais sur le lit le cœur lourd, et me réfugiais dans le sommeil jusqu'au petit matin.

ꙨꙨ

Le soleil était déjà haut dans le ciel quand je me réveillais. Mon téléphone vibra sur les lattes du parquet. Je l'attrapai du bout des doigts pour vérifier le numéro de mon correspondant.

Jack.

Je décrochai immédiatement.

– Oui ?

– Bonjour, Nym, as-tu cinq minutes devant toi ?

Mon entraînement aux arts martiaux ne commençait que dans une heure et demie.

– Bien sûr !

Un rire aimable retentit à l'autre bout du combiné. J'appréciais réellement mon alpha. Il était comme un père pour la meute. Il ne m'avait jamais jugée et ne me prenait pas de haut comme certains se l'autorisaient.

– Rejoins-moi à la maison, Mollo a préparé le petit-déjeuner !

Il raccrocha sans plus attendre. Je m'habillai rapidement. Mon armoire regorgeait de débardeurs noirs ou beiges et de pantalons. Je ne portais jamais de robes, les trouvant peu pratiques.

Le village s'animait doucement. La fête s'était certainement prolongée jusqu'au petit matin, le brasier, au centre de la place fumait encore. La table de banquet n'était pas desservie et quelques oiseaux en profitaient pour picorer les dernières miettes. Une demi-heure s'était écoulée avant que je ne frappe à la porte de mon Alpha.

– Entre ! ordonna une grosse voix.

Kaya m'accueillit la première, c'était une fillette pleine de joie de vivre. Elle ressemblait trait pour trait à sa mère. William et sa sœur avaient une trentaine d'années d'écart, chose courante chez les lycanthropes. Les naissances étaient rares pour notre espèce et il fallait parfois une centaine d'années pour concevoir un enfant.

– Salut !

La petite me sourit, puis se cacha entre les jambes de Mollo.

– Tu vas me faire tomber Kaya !

Je m'empressai de prendre les tasses de café qu'elle tenait en équilibre précaire. La petite louve était un vrai démon. La soirée et la fatigue l'avaient certainement excitée au point qu'elle n'arrivait pas à se calmer.

– Kaya ! avertit durement son père.

Elle s'immobilisa, le regard rempli de larmes. Ainsi,

elle ressemblait à un chaton réclamant des câlins. Malheureusement, amadouer Jack était « mission impossible ». Je le savais, j'avais déjà testé...

– Assieds-toi ! Raphaël ne va pas tarder.

J'eus un mouvement de recul au nom de l'homme qui m'avait humiliée hier soir. Je crus un instant que Jack était au courant de notre altercation, ce qui était impossible. Mon Alpha remarqua aussitôt mon tressaillement. Rien ne lui échappait jamais. Je m'installai donc à table, adoptant une posture des plus naturelle.

– Un problème avec lui ? me demanda-t-il.

Je soupirais. Personne n'arrivait à cacher quoi que ce soit à l'alpha.

– Nous ne nous apprécions guère !

Jack se cala plus confortablement sur sa chaise en bois massif, sculpté de loups en pleine chasse.

– Dommage...

Mollo déposa une assiette de biscuits faits maison sur la table. Je m'emparais d'un cookie et le trempais dans ma boisson encore brûlante.

– Je ferai ce que tu me demandes, même si je dois travailler avec cet abruti !

– Je le sais, mais...

On frappa à la porte et sans attendre, Raphaël entra. Il salua le couple alpha d'un signe de tête aimable, alors que la petite se jetait dans ses bras. Il la fit voler au-dessus de sa tête, puis la reposa le sourire aux lèvres. Celui-ci s'effaça aussitôt en m'apercevant.

– Porte encore ! cria Kaya.

– Je tente de la calmer depuis une heure, se plaignit Mollo.

Le jeune mâle passa la main dans ses cheveux en bataille quand il s'installa à la dernière place libre, c'est-à-dire à côté de moi. Je sentis l'odeur de Lia sur lui, puis moins perceptible, celle musquée d'une nuit de sexe et de débauche.

Je fronçais le nez et me détournais pour faire face à l'Alpha. J'avais cependant capté du coin de l'œil son sourire narquois.

— J'ai une mission à vous confier, à tous les deux.

Il insista bien sur les derniers mots.

— Gildas et sa compagne Rima changent de meute et reviennent s'installer parmi nous, avec leurs deux fils. Vous ne connaissez pas Gildas, mais il était un membre haut placé dans notre hiérarchie.

La nouvelle me mit en joie. Il était agréable d'accueillir de nouvelles têtes.

— C'est une bonne chose ! Que doit-on faire ?

— Gildas connaît déjà les us de notre clan et bien que son épouse soit Japonaise, elle parle couramment notre langue. Je vous confie donc leurs enfants.

Un sourire malicieux apparut sur les lèvres de Jack.

— Transmettez-leur nos mœurs et aidez-les à s'intégrer dans la meute. Ils sont prometteurs et l'aîné est très dominant.

Raphaël pouffa de rire.

— Je comprends pourquoi tu me le demandes, mais ne serait-il pas judicieux de me mettre en équipe avec Will plutôt qu'avec Nymrasis ?

Si un regard pouvait tuer quelqu'un, ce serait celui que je lançais actuellement au mâle. Je lui offris un majestueux doigt d'honneur auquel il répondit en m'envoyant un baiser. Jack nous observait, un sourcil levé.

— William est trop dominant, il y aurait forcément conflit. Uriel et Hajime doivent s'acclimater à leur nouvelle vie avant d'être confrontés aux membres les plus puissants de la meute.

Nous étions donc les intermédiaires, sauf que je n'en avais pas le statut.

— Mais… commençai-je.

— Félicitations, Nym, tu es promue. Tu es plus qu'un simple soldat à présent. Tu auras toi aussi à traiter des missions solos quand cela sera nécessaire.

Une douce chaleur se propagea de la racine de mes cheveux jusqu'au bout de mes orteils. J'étais si heureuse de cette nouvelle. J'adressais un sourire narquois au mâle derrière moi.

– Je veux que vous travailliez ensemble. Vous devez trouver un équilibre entre vous ! Suis-je clair ?
Notre réponse fusa à l'unisson :

– Oui !

L'Alpha et sa compagne se sourirent avec complicité. Leur regard était celui qu'ont deux amants. Mon cœur se serra à cette démonstration d'amour. Aucune personne ne m'avait jamais regardée ainsi.

– Gildas, Rima et les garçons arriveront dans deux jours, je compte sur vous !

Je regardais l'horloge suspendue au mur. Le temps filait à toute allure. Quoi qu'il en soit, j'étais en retard pour ma séance d'entraînement. Gilbert allait me passer un sacré savon.

Je m'excusais auprès de mon alpha et remerciais Mollo pour le café. Avant de partir, j'ébouriffais la tignasse de la petite. Raphaël m'emboîta le pas.

– Ce n'est pas parce que vous avez fait la fête toute la nuit qu'il faut croire qu'un retard est acceptable ! fulmina Gilbert.

Une louve blonde retenait à grand-peine son rire. Je grondais à son intention.

– Nous avons été retardés par Jack, nous sommes désolés !

Le loup au visage austère accepta mon excuse d'un mouvement sec de la tête. Je me positionnai en rang avec les autres, William à ma droite et Raphaël à la sienne.

– Bien passée, la fin de votre soirée ? demanda Will, moqueur.

– Plutôt oui, continua son ami. Lia est très inventive au lit !

– Lia ?

Le regard de William jongla entre Raphaël et moi.

– Ah…

Son expression suspicieuse me tapa sur les nerfs.

– Ne joue pas au plus malin, Will ! Je n'ai pas besoin d'entremetteurs ! aboyai-je.

Raphaël renifla avec dédain. J'étais prête à rétorquer, mais un projectile me frappa l'épaule.

– Non seulement vous arrivez en retard, mais en plus vous n'êtes pas attentifs ! Très bien, venez là tous les deux !

Merde…

Nos coéquipiers ricanèrent dans leur barbe.

– Montrez-nous de quoi vous êtes capables ! Puisque vous n'êtes pas fichus de vous entendre, je vais faire comme avec les enfants, je vais vous laisser vous battre. En attendant, si votre technique n'est pas impeccable, je vous colle en position Ma Bù durant une nuit entière !

Je déglutis. Avec ces conneries, je n'avais strictement rien écouté des consignes de notre Bêta. On se mit en garde, je lançai un regard interrogateur à Will.

– *Vous êtes dans la merde.*

Je savais qu'il avait communiqué avec nous deux, car l'autre mâle faisait clairement la gueule et lui adressa un doigt d'honneur. Mais peut-être était-ce un état permanent chez lui ?

Il me toisa avec arrogance, je lui souris en retour. J'allais pouvoir m'amuser un peu... Gilbert lança le début du combat.

J'attaquai sans plus attendre, espérant profiter de l'effet de surprise. Je lui envoyai mon poing dans le visage, mais il esquiva. Cependant, l'assaut le toucha à l'épaule et le déséquilibra légèrement. Je frappai de nouveau, mais ne rencontrai que de l'air. Raphaël s'était laissé tomber en arrière, sur le dos. Son corps se contorsionna d'un mouvement fluide et il effectua un kick up pour se redresser avec grâce. Sa technique était impressionnante, tous ses muscles étaient bandés. Mon troisième coup fut tout aussi stérile, puis le mâle me balaya d'un balancement du pied et je tombai à terre dans un râle douloureux. Je me préparai à parer une nouvelle attaque, cependant elle ne vint jamais. Au lieu de cela Raphaël recula de quelques pas et attendit patiemment que je me relève. Je ne comptais pas m'avouer vaincue si facilement. Je reproduisis à l'identique le saut carpé qu'il avait exécuté quelques instants plus tôt.

Quelques camarades d'entraînement me sifflèrent admiratifs.

– Pas mal, mais pas très efficace !

– Va chier !

Je fis mine d'attaquer. Il se déroba de nouveau, pensant que je réitérai la même technique. Je le percutai au moment où il changea de point d'appui. Le coup le propulsa quelques mètres plus loin.

Je reniflai, fier comme un coq.

Raphaël était réputé comme étant un très bon combattant, le mettre au tapis me procurait une joie non dissimulée.

Quand il se redressa, son regard avait changé du tout au tout. Je n'y lisais plus aucun amusement. Il essuya un filet de sang avec son t-shirt, puis le jeta au sol. Les femmes autour de nous soupirèrent en apercevant ses muscles saillants. J'aurais moi-même apprécié le spectacle, mais à l'heure présente, j'avais d'autres chats à fouetter.

Il reprit le combat avec rage. Sa vélocité avait considérablement augmenté, de sorte que je ne suivais presque plus le rythme. Ses coups pleuvaient et devenaient de plus en plus brutaux. Il m'asséna un coup de poing dans la mâchoire. Mes dents s'entrechoquèrent et le goût métallique de mon sang emplit ma bouche. Hésitante, je tentais de me redresser, mais le terrain tanguait dangereusement autour de moi.

– Tu pensais vraiment avoir…

Il allait frapper. Je fermais les yeux, ne pouvant

esquiver l'assaut alors que j'étais totalement désorientée.

– Il suffit, mon ami ! s'interposa Will.

Gilbert maintenait Raphaël par l'épaule et William par le bras. Un éclair de surprise envahit le regard de jade du loup. Il se reprit aussitôt et leva les mains en l'air en signe d'abandon.

– *Ça va ?*

– *Oui.*

William ne s'était pas tourné dans ma direction. J'appréciais l'attention, car s'il ne se faisait pas de soucis pour moi, les autres penseraient qu'il avait stoppé le combat avant qu'il ne dégénère et non parce que ma sécurité était en jeu. Je foudroyais Raphaël du regard. Une fraction de seconde durant, je lus de l'inquiétude au fond de ses prunelles. Il se détourna et rejoignit les rangs.

DARGAUD Noémie

Trouble

*J*e n'ai pas réussi à me contrôler !

Cette phrase tournoyait inlassablement dans mon esprit. Qu'est-ce qui avait déclenché la colère de mon loup au point qu'il prenne le dessus sur ma part humaine ? Cela n'était pas arrivé depuis des années ! La première fois, j'étais encore un enfant. Mes parents ne s'en étaient pas formalisés et les conséquences avaient été minimes. J'avais simplement mordu un adulte par colère. Cet incident l'avait même amusé.

Puis, mes parents moururent dans un tragique accident, lors d'une mission qu'on leur avait confiée. L'Alpha et sa compagne m'avaient pris sous leur aile. Ils m'élevèrent comme leur propre fils. C'est ainsi que William et moi étions devenus frères.

Mon manque de maîtrise avait perduré avec l'âge et par la suite, m'avait causé beaucoup d'ennuis. Jack avait dû museler mon loup le temps que je trouve la force nécessaire d'harmoniser l'âme de l'homme et de la bête. Ce ne fut pas aisé pourtant, j'y étais arrivé. Mon loup m'en voulait toujours pour cette longue période et j'en étais conscient. Enchaîné dans mon esprit comme une bête sauvage, il ruminait sa frustration. Je pensais malgré tout en avoir fini avec cela. Les événements de cet après-midi me faisaient prendre conscience à quel point la frontière entre ma raison et l'abîme était encore mince.

Sang.

Oui, elle avait eu le dessus sur moi. Cette femme aux yeux farouches m'avait fait saigner. Hormis Will, peu de personnes pouvaient prétendre avoir réalisé cet exploit. Je n'étais pas le meilleur des combattants. Toutefois, je ne me laissais pas déstabiliser si facilement et agissais toujours de manière réfléchie. Aujourd'hui, j'avais perdu tout contrôle en apercevant le liquide vermeil maculer mon t-shirt. Heureusement, William et Gilbert m'avaient arrêté à temps. Je devais être franc avec moi-même : je comptais la tuer. Une fraction de seconde, j'avais lu de la peur au fond de ses yeux gris colombe, puis une fierté résolue.

– La nuit est fraîche ce soir !

Le timbre de Will se voulait apaisant. Je relevai la tête à la rencontre de son regard doré.

– N'utilise pas cette voix suave avec moi. J'ai l'impression d'être une de tes conquêtes. Tu me fais flipper !

Son rire était franc comme celui d'un ami, d'un frère.

– Je venais simplement essuyer tes larmes.

– Je ne peux pas le laisser prendre de nouveau le dessus !

William s'installa sur l'herbe verdoyante à mes côtés. Nous étions excentrés du village. La vue y était magnifique et aucune pollution lumineuse ne venait gâcher la voûte céleste. Les étoiles filantes étaient nombreuses ce soir-là. Rien au monde ne pourrait me faire changer de vie. La ville était un calvaire pour moi. Quelque part, j'avais conscience de mon ignorance du monde, mais je m'en fichais royalement.

– Si tu brides ton loup, il se rebellera davantage. C'était juste un coup de sang. Ne sois pas aussi dur avec toi !

Je m'esclaffais et me tournais sur le côté en position fœtale.

– Je ne dois pas m'inquiéter ! Pourtant, si tu es là c'est que tu viens prendre la température… Tu as peur que je perde à nouveau le contrôle.

Il secoua la tête négativement.

– C'est toi que j'ai peur de perdre !

Ses paroles me surprirent. Will n'était pas fleur bleue.

– Es-tu sûr que ça va ?

Les rayons lunaires se reflétaient dans les iris de mon ami.

– Oui. Tu veux courir demain ?

– Non. Je dois préparer la maison pour Gildas et sa compagne !

Le sourire de mon ami s'étira d'une oreille à l'autre.

– Tu as un rencard avec Nym ?

J'abattis mon poing sur son épaule.

– Ne dis pas de conneries, putain ! Elle est flippante !

Le loup frotta son épaule endolorie. Un volet grinça derrière nous, je me retournai, le bruit ayant mis mes sens en alerte.

Nymrasis fermait les lourds battants de bois. Elle rentrait la tête dans les épaules, gênée elle aussi par le boucan. D'où elle se tenait, la jeune femme avait certainement entendu notre conversation.

Ses yeux s'écarquillèrent, elle salua Will. Son regard me contempla un instant, puis elle rabattit le second volet dans un claquement tout aussi sonore.

– Tu vois !

– Tu ne la connais pas bien, déclara-t-il simplement.

Je m'assis et inspirai profondément. Mon corps ne tenait plus en place, j'avais envie de courir. Une brise fraîche jouait dans mes cheveux. Le vent portait l'odeur de la forêt et le parfum moins prononcé de celui de la louve. L'idée de faire équipe avec elle ne me ravissait pas. J'adorais bosser seul ou avec Will, si cela était vraiment nécessaire. Pourtant, quelque chose en moi attendait avec impatience de découvrir qui se cachait derrière Nymrasis, la louve indomptable au caractère de merde.

– Parce que toi, oui ?

Je lui adressai un regard sceptique.

– Un peu, je la trouve sympa ! Elle a une personnalité atypique, mais on s'y fait, à la longue.

J'en restais coi et sentais la patate à des kilomètres à la ronde.

– Tu as une idée derrière la tête !

– Je rends les armes. Tu me connais trop bien, je ne peux pas te mentir !

J'attendis un moment.

– Et donc ?

– Rien !

J'eus beau essayer de lui tirer les vers du nez, mon frère de cœur se mura dans le silence. Je me relevai brusquement et manquai de glisser sur l'herbe humide de rosée.

– OK, j'abandonne ! Je pensais que tu étais mon pote !

Will eut un fou rire contagieux.

– Je ne pensais pas que tu en arriverais au chantage !

ↃOↄ

L'heure fatidique arriva. Je pensais qu'après la conversation avec Will je me sentirais mieux, mais ce ne fut pas le cas. J'avais réfléchi toute la nuit à ce qu'attendait de moi ma famille adoptive, sans réussir à trouver le sommeil.

Maintenant, j'étais devant la vieille maison que Gildas et sa tribu devaient investir dans quelques heures. Nymrasis était déjà sur place, courant en tous sens. Je m'appuyai contre le chambranle et toquai à la porte. La brune me jeta un simple coup d'œil sans daigner faire davantage d'effort.

Je vais passer une agréable journée. Je vais passer une agréable journée. Je vais pass…

– Il y a un balai dans le placard de la cuisine. La chambre du haut est rangée, le lit est fait, la salle de bains aussi… Il ne reste plus qu'à nettoyer les sols !

OK, tant pis pour la bonne journée…

– Bonjour, rayon de soleil !

La jeune femme ne me répondit pas et monta directement à l'étage, je soupirai bruyamment. William disait souvent que j'avais mauvais caractère, mais je venais de trouver mon maître. J'attrapai le balai et rejoignis la louve dans le bureau, au fond du couloir. Nymrasis était en train de réparer un volet dont le gond était sorti de sa base. Sa posture avait l'air fort inconfortable, mais m'offrait une vue imprenable sur ses fesses fermes et rebondies. Je m'avançais pour supporter le poids du volet. Mon bassin effleura ses hanches, elle tressaillit et se retourna furieuse.

– Tu penses faire quoi, là ? s'égosilla-t-elle, en me repoussant violemment.

Étonné par sa réaction, je reculai de quelques pas.

– Je t'aide juste à le maintenir, c'est plus facile à deux.

Nymrasis s'assombrit. Elle redressa le dos adoptant

une posture défensive.

– Je ne t'ai jamais demandé ton aide ! Va plutôt passer le balai au lieu d'être dans mes pattes.

Je n'aimais pas le ton employé et je n'avais pas pour habitude de me faire rabrouer. Je portais donc tout mon poids en avant, lui imposant de reculer. Elle tenta une nouvelle fois de me repousser, en vain. Nymrasis se retrouva coincée, contre le rebord de la fenêtre et moi-même.

Son corps collé au mien était aussi ferme que ses fesses, c'était une femme faite pour l'action. Lorsque ses seins généreux s'écrasèrent contre mon torse, je la sentis retenir sa respiration.

– Je ne suis pas homme à obéir. Ne me donne plus d'ordre et tout se passera bien.

Mon ton était froid et tranchant. La plupart des loups auraient acquiescé néanmoins, je n'avais pas n'importe quelle louve en face de moi. J'avais l'indomptable !

– Et tu penses que ton petit jeu de domination va fonctionner avec moi ?

Ses mains me bousculèrent, je gardai ma position.

– Je ne joue pas.

Elle leva les bras au ciel, s'assit sur le rebord de la fenêtre, prête à sauter. Je la retins de justesse et la ramenai dans la pièce.

– Jusqu'où peux-tu aller pour avoir le dernier mot ? lui demandai-je incrédule.

Elle haussa les épaules, dédaigneuse.

– Je préfère encore crever plutôt que de me soumettre !

Je secouais la tête.

– Ce n'est pas une vie de toujours se battre pour tout et contre tout le monde !

Sur ce, je me détournai et sortis de la pièce.

Jack nous retrouva en début d'après-midi. Mollo nous avait gardé deux parts de ragoût d'orignal. Je n'avais pas réalisé à quel point j'avais faim avant de sentir l'odeur divine de ce plat, d'autant plus que la compagne de l'Alpha cuisine à merveille. J'avais récuré la vaisselle toute la matinée. Vaisselle qui, soit dit en passant, était vieille et désuète. Des fleurs bleues peintes à la main ornaient la porcelaine. Bref, elle était encore en bon état, mais vraiment très moche.

– L'avion de Gildas arrivera demain matin à neuf heures !

J'acquiesçai d'un signe de tête, tout en posant une assiette devant la louve.

– Merci.

Je m'arrêtai net.

– Mon Dieu ! Mais tu parles ?

Nymrasis avait passé les dernières heures dans un mutisme pesant. J'admets ne pas être un joyeux luron comme Will, mais je n'étais pas asocial pour autant.

– Va te faire foutre !

Elle m'offrit son majeur pour accentuer ses paroles, Jack rit avec bienveillance.

– J'irai les chercher, proposai-je.

L'Alpha secoua la tête.

– Vous irez à deux. Vous vous entendez si bien !

– En parlant d'entente, ne serait-il pas plus... Bref, Raphaël et moi ne nous apprécions pas du tout, ne serait-il pas possible de faire équipe avec Kachada par exemple ?

Le vieux loup s'impatienta, je le remarquai tout de suite à son regard.

– Pour que tu le manges tout cru ? Non, ce n'est pas envisageable. Si tu ne veux pas travailler avec Raphaël, soit !

La louve soupira de soulagement, je laissai tomber ma fourchette dans mon ragoût. J'étais abasourdi, mais par-dessus tout, très vexé. Je n'étais quand même pas si désagréable !

– Tu seras affectée à la garde des enfants avec Nakini. Raphaël, tu contacteras Isa. Elle est jeune, mais saura se montrer efficace.

– Quoi ? Non, attends ! Je ne suis pas faite pour garder les petits ! Je vais en tuer un par inadvertance !

Jack fronça les sourcils, posa les coudes sur la table et joignit ses deux mains.

– Alors pourquoi es-tu faite ? Nous sommes une meute. Nous œuvrons pour le bien commun.

La détresse se peignit sur le visage de la jeune femme. Elle baissa la tête sur son assiette.

– Je vais faire des efforts…

– C'est trop tard, continua Jack. Tu as pris ta décision.

Cela ne dura qu'une fraction de seconde, mais j'aperçus de la tristesse dans ses yeux. Sans doute, sous sa fierté et son assurance de chef se cachait un cœur tendre.

– Je préfère bosser avec Nymrasis.

Ces mots, sortent-ils de ma bouche ? Quelle mouche m'a piqué ?

L'Alpha leva un sourcil interrogateur.

– Vraiment ?

– Oui, elle a plus d'expérience, dis-je simplement.

La commissure des lèvres du vieux loup s'incurva. Il glissa une main dans ses cheveux poivre et sel. J'avais conscience de m'être fait manipuler.

– Très bien. Vous partirez dès que la maison sera en ordre et passerez la nuit à Index. Un minibus est à votre disposition pour rapatrier la famille de Gildas.

Trois heures plus tard, les préparatifs étaient bouclés, tout était prêt. Les nouveaux arrivants n'auraient plus qu'à déposer leurs valises. J'étais éreinté néanmoins, il n'était pas temps de me reposer. Je demandais à Nymrasis de patienter une demi-heure, le temps de laver toute la saleté qui s'était collée à ma peau. Une longue route nous attendait jusqu'à Index.

Chapitre 2

En fin d'après-midi, le ciel se teintait d'une myriade de bleu, d'orange et de violet. J'aimais le crépuscule, ce moment de flottement où le soleil s'endort pour laisser place à l'astre lunaire. Les bois devenaient alors un havre de paix où il était bon de se ressourcer.

Notre travail terminé, Raphaël et moi nous étions séparés pour nous doucher avant de traverser la forêt jusqu'à

Index. La chaleur de l'été était trop écrasante pour courir, même sous la protection des arbres ancestraux.

Hors du village, nous étions plus à l'aise sous notre forme de loup, les bois nous offrant un terrain de jeux si agréable que nous ne vîmes pas passer le temps. Index était à quelques heures de notre bourgade. L'Alpha nous avait confié les clés de sa villa. Je les avais rangées soigneusement dans un sac que Raphaël avait accroché sur mon dos, une fois transformée.

Le loup de Raphaël était en toute honnêteté magnifique. Sa fourrure était entièrement gris sombre, ce qui marquait davantage ses yeux vert pâle. Je me surpris à l'admirer durant notre course vers la ville. Le mâle m'impressionnait par sa dextérité et sa rapidité. Il n'avait pas ralenti la cadence un seul instant, alors que je le talonnais. Je préférais le laisser prendre la tête, car je ne supportais pas d'avoir qui que ce soit dans mon dos. Mon attitude puérile l'avait beaucoup amusé et il m'avait traitée de « putain de tête de mule sans cœur » avant de muter à son tour. J'avais bien découvert mes crocs en guise de représailles, mais cela ne lui fit ni chaud ni froid.

Je profitais du trajet pour méditer sur son intervention un peu plus tôt dans la journée. Je ne comprenais pas pourquoi il avait plaidé ma cause auprès de Jack.

Était-ce pour s'attirer mes bonnes grâces ?

Je ne pensais pas qu'il attende quoi que ce soit de moi cependant, je devais rester sur mes gardes.

La nuit était déjà tombée à notre arrivée. La villa des Bennett se situait en retrait de l'agglomération. Quatre-vingt-dix pour cent de surnats la peuplaient. Les humains y résidants, ne craignaient plus de vivre proche des loups géants et autres créatures. Certains disaient même qu'ils étaient bien plus en sécurité dans cet environnement. Les débordements se faisaient aussi rares que les accidents d'avion. Malheureusement, bien que moins fréquents, ils étaient dramatiques en cas de dérapage et le nombre de morts important.

Une fois notre apparence humaine retrouvée, nous entrâmes dans la maison dont la structure était faite de métal et de verre. Des ouvertures sur l'extérieur avaient été étudiées pour laisser la végétation fusionner avec le bâtiment et ainsi créer un effet de serre. La demeure servait de siège social pour les lycanthropes, mais aussi de résidence de vacances pour la famille Alpha et les autres membres de la meute. Jack n'avait pas lésiné sur le coût des rénovations. L'argent gagné grâce aux deux hôtels de luxe que le grand-père de Jack avait acquis à l'époque servait principalement à la restauration du patrimoine immobilier, à l'achat de matières premières ou encore à la location de véhicules.

Je promenais mon regard sur l'entrée. Cette dernière n'était pas conventionnelle. Point de couloir, elle s'ouvrait directement sur la pièce de vie, arborant une forme rectangulaire. Au centre, un salon de jardin était idéalement placé, à moitié caché par de surprenantes plantes exotiques. Je m'y dirigeai sans attendre le loup, sortis nos vêtements et enfilai les miens à toute vitesse.

– Tu as faim ? Il est tard, mais je pense que je vais me faire un encas ! déclara Raphaël.

L'homme était beau à en mourir. Il se tenait fièrement devant moi. Sa nudité ne le dérangeant absolument pas, je lui jetai donc son t-shirt à la figure.

– Moi aussi j'ai faim, mais enfile tes vêtements avant !

Raphaël regarda le tissu, dépité.

– Je n'aime pas les vêtements…

Je m'arrêtai net dans mon élan.

– Es-tu en train de me dire que tu passes ta vie à poil ?

La commissure de ses lèvres s'étira facétieusement.

– Oui !

Je restais un moment silencieuse, ne sachant pas s'il m'embobinait ou s'il était sérieux.

– Mais pourquoi ?

Il parut ahuri par ma question.

– Je suis né nu, dit-il simplement.

Sur ses mots, il revêtit son t-shirt et s'approcha de moi pour récupérer le reste de ses effets personnels. C'est au moment où il enfila son pantalon que je remarquai l'absence de sous-vêtements.

– Cela ne te gratte pas ?

Le mâle ne se départit pas de son sourire, haussa les épaules négligemment.

– Tu es soudainement bien curieuse.

Il remonta la fermeture éclair de ce dernier dans un mouvement délibérément lent. Constatant que je ne répliquai pas, il continua.

– Au début, toutes les fringues me grattaient. Maintenant, je suis presque habitué. Mollo et ma mère ont passé des heures à me courir après pour me faire porter le moindre bout de tissu.

Ses yeux avaient changé, ils n'étaient plus aussi froids et distants. À cet instant, son regard brillait d'une lueur nostalgique, empli d'amour et de douceur.

– Quand nous étions enfants, j'avais même réussi à convaincre Will de se balader avec moi nu comme un ver.

Mollo nous avait sacrément enguirlandés ce jour-là ! Par la suite, je l'avais surprise en train de rire en racontant notre épopée à Jack.

Cette anecdote m'arracha bien malgré moi un éclat de rire, et toute l'affection contenue dans les pupilles du loup disparut en une fraction de seconde.

— Je n'étais pas au courant !

— C'était, il y a une éternité…

Sur ces mots, il se détourna et prit la direction de la cuisine. Je le suivis prudemment. Raphaël avait changé d'attitude plus vite qu'une femme en période de menstruation…

— Euh, ça va ? hasardai-je.

L'homme avait déjà la tête dans le réfrigérateur et cherchait avidement de quoi se nourrir.

— Depuis quand cela t'intéresse-t-il ? déclara-t-il hargneusement. Merde, il n'y a que du poisson…

L'Alpha nous avait fait livrer des plats cuisinés le matin même. Je jetai un coup d'œil par-dessus l'épaule du loup, j'adorais le saumon. Au village, nous en mangions peu, notre régime alimentaire était composé essentiellement de viandes et de légumes.

— Je voulais juste être aimable. Excuse-moi de faire des efforts ! Dis, as-tu essayé de faire un test de grossesse récemment ? Parce que là, tu vas nous chier un œuf !

Raphaël me toisa, se frotta la tête. Ses cheveux ébouriffés lui donnaient un côté voyou. Je levai un sourcil attendant une réplique acerbe qui ne vint jamais. Au lieu de cela, il prit les deux plats et les passa au micro-ondes.

Je glapis au moment où la cuisson démarra. Quel gâchis, un si beau poisson cuit de la sorte…

— Je n'utilise pas non plus ce genre d'appareil

habituellement, mais j'ai faim et il est tard.

Le repas se déroula dans un silence de plomb. Je n'étais pas très à l'aise en compagnie du jeune homme. Je ne savais pas de quoi parler afin de meubler la conversation. Nous nous couchâmes tout de suite après le dîner. Chaque chambre était équipée d'une salle d'eau attenante, je pris une douche brûlante. Elle lava mes maux et effaça les courbatures dues à notre course effrénée. Je me couchais une demi-heure plus tard, cependant je ne trouvais pas le repos. Les événements du jour me trottaient inlassablement en tête. Je décidai donc d'aller m'asseoir dans l'un des fauteuils confortables du salon de jardin.

À ma grande surprise, j'y trouvais Raphaël. Sans un mot, je m'installais dans le canapé à sa droite. Les étoiles n'étaient pas aussi visibles qu'au village. Les lumières artificielles à l'extérieur de la villa gâchaient le spectacle.

J'hésitai un moment, puis me lançai.

– Tu n'arrives pas à dormir.

– Non.

Un long silence s'ensuivit.

– Toi non plus ?

– Non.

Une nouvelle pause.

– Pourquoi as-tu pris ma défense devant Jack ?

Sa tête tomba sur le côté. Les rayons de la lune prenaient vie dans le fond de ses iris. Le vert émeraude éclatant de ses yeux était une attraction à lui tout seul, encore plus captivant que tous les astres aux dessus de nous.

– Cette mission te tenait à cœur.

– Tu n'as rien à y gagner !

Un haussement d'épaules.

– Si je devais fonctionner par intérêt, je n'irais pas

bien loin. (*Une hésitation dans son regard.*) Malgré ce que tu sembles croire, je ne suis pas un enfoiré.

Je haussai à mon tour les épaules.

– Pardon, mais ce n'est pas la part de toi que tu m'as offerte durant la cérémonie d'Isa.

– Pas une seule fois je ne t'ai menti.

– C'est vrai…

J'en venais à me demander qui était réellement cet homme. Pourquoi pouvait-il être à la fois si charmant et attentionné puis subitement se transformer en un super connard ?

– Merci.

Ses yeux s'écarquillèrent sous la stupeur.

– Merde, celui-ci t'a arraché une dent ! se moqua-t-il gaiement.

– Ouais, j'avoue !

Raphaël se laissa aller à un fou rire. Je me levai, contournai son fauteuil pour rejoindre ma chambre. Sur le passage, le mâle attrapa mon poignet avec douceur.

– Tu vois que tu peux être agréable, parfois !

Je lui offris un sourire carnassier.

– Tu n'es pas des plus aimables non plus !

Ses doigts effleurèrent l'intérieur de ma paume quand il lâcha ma main.

– Fais de beaux rêves, murmura-t-il suavement.

– Bonne… Bonne nuit.

Sentant, mes joues rougirent, je détournai la tête. Ce détail n'échappa pas à Raphaël et je crus apercevoir sa bouche s'étirer en un sourire discret.

Première rencontre

Nymrasis basculait les hanches dans un mouvement de va-et-vient. Ses fesses d'une volupté alléchante effleuraient à peine ma peau moite de sueur. Impatient, j'assénai un coup de boutoir qui fit crier de plaisir la jeune femme. Son intimité chaude et humide se resserra autour de mon sexe déjà gorgé de désir. Elle était étroite, sa taille était fine et ses cheveux bouclés cascadaient le long de son dos. La vue que j'avais d'elle était superbe.

Nymrasis n'était pas faite pour la douceur, elle n'était pas femme à être prisonnière d'un cocon. Non, elle était solide et forte comme le roc, tranchante et aussi dangereuse qu'une lame de Katana. Certains la trouvaient trop musclée et trop grande pour être féminine. Ils n'avaient jamais imaginé le spectacle de son corps nu ondulant d'excitation et avide de sexe. Elle était belle et sensuelle jusqu'au bout des ongles.

Ils n'avaient jamais entendu ses gémissements à demi murmurés à chaque fois que je titillais ses tétons fermes. J'aimais ses seins, pas trop volumineux, mais qui remplissaient mes mains. Sa peau embrasée par le soleil lui donnait des airs de danseuse hawaiienne.

Je basculai la louve en avant. Enivrée par le sexe, elle se cambra, m'accueillant avec délice.
Un nouveau va-et-vient, lent, sensuel, puissant...

– Plus fort ! se plaignit Nym.

Son ordre me fit rire, alors je me pliai à ses exigences. Je n'étais plus très loin de l'orgasme, je ne pouvais presque plus brider mon désir, mais quelque chose clochait…

Comment en étions-nous arrivés là ? Je n'en avais aucun souvenir. Par ailleurs, la jeune femme était bien trop docile à mon goût, ce qui ne lui ressemblait guère. C'est à ce moment-là, que la louve se retourna les crocs saillants, les griffes en avant, ses yeux d'ordinaire d'un gris colombe étaient de mercure liquide.

– Tu penses vraiment que je vais te laisser me baiser !

Je ne m'attendais pas à un revirement aussi fulgurant, alors quand elle planta ses griffes dans ma chair, je la repoussai violemment.

– Tu deviens folle, où quoi ?

Ses lèvres s'étirèrent en un rictus de défi.

– Tu penses passer tes nerfs sur moi à l'entrainement puis me baiser comme une chienne !

Sa voix avait une intonation étrange, débordante d'arrogance. Certes, Nymrasis était fière, il lui arrivait d'être une tête de mule, mais elle n'avait pas le défaut de se croire supérieure aux autres. Elle voyait les gens comme des égaux. En cet instant, son comportement était en totale contradiction avec sa vraie nature. Elle attaqua de nouveau, je ne parai pas son offensive. Je ne voulais pas me battre, encore moins lui faire du mal. Cependant, sa main s'abattit sur mon visage, ses griffes y dessinèrent de longues estafilades d'où coulait le sang. La blessure guérirait, mais la douleur était si insupportable que mon loup prit instantanément le dessus.

Tout se passa comme au ralenti, je n'étais plus qu'un spectateur. Je vis mon poing s'abattre sur la femme que je caressais tendrement cinq minutes plus tôt. Le coup était bien trop fort, je le savais. Mon loup lui ne voulait rien entendre, il était même prêt à la tuer. Non, c'était faux... Il voulait la faire sienne, la soumettre de gré ou de force, peu lui importait.

Non ! Arrête ça !

Ↄ⊙Ϲ

Je me réveillai en sursaut. Mon cœur battait si fort, que je crus qu'il allait exploser dans ma cage thoracique. Mon corps était trempé de sueur, et mon sexe turgescent me faisait souffrir le martyre. Je me levai précipitamment en direction de la salle de bains.

Je fis couler l'eau froide et m'en aspergeai le visage, le but étant de laver les derniers instants d'un rêve épouvantable.

Un rêve... Ce n'est qu'un mauvais rêve !

Le soulagement m'envahit, cependant il fut de courte durée. Si j'étais capable de blesser la louve dans mes songes, je pourrais en faire tout autant dans la réalité. Alors je me répétais en boucle que ce n'était pas possible, que je ne ferais jamais une chose pareille. Quand bien même, je devais brider mon loup. Celui-ci gronda quelque part loin dans mon inconscient.

Ce rêve était vraiment étrange... Soudain, l'image de Nymrasis rouge comme une pivoine et satisfaite envahit mon esprit. Mon corps réagit au quart de tour, mon sexe se gorgea de nouveau de sang.

– Putain ! Je délire !

J'attrapai la hampe de mon érection, mais renonçai rapidement au plaisir solitaire. Cela ne ferait qu'attiser mon désir. Je me rabattis donc sur une bonne douche glacée.

Le corps des lycanthropes était conçu pour résister à des températures extrêmes, alors je restai assez de temps pour que mes couilles deviennent bleues. C'était sans compter sur l'arrivée fracassante de Nymrasis...

Elle frappa et entra sans plus attendre.

– Tu fous quoi, on est en retard !

Mon appareil génital me trahit lâchement et se dressa fièrement.

Je me tournai rapidement, mais il était trop tard, la louve avait tout vu.

– Je te fais tant d'effet ?

– Ne peux-tu pas attendre cinq minutes dehors ?

La jeune femme croisa les bras sur sa poitrine.

– Il y a un quart d'heure que je frappe à la porte de ta chambre... Nous sommes en retard ! On n'a plus le temps pour que tu te maquilles... ou que tu te branles !

– Mais tu vas sortir oui ? J'arrive !

Elle leva les mains au ciel.

–Hallelujah! Ce n'est pas si compliqué !

Nymrasis s'éclipsa aussi vite qu'elle était arrivée, me laissant seul, moi et mon érection.

Mon équipière voulut conduire jusqu'à l'aéroport international de Seattle-Tacoma. Je n'avais pas trouvé l'idée génialissime, mais après ce qui venait de se passer, j'étais trop troublé ou épuisé pour me rebeller. Je la laissais donc faire comme elle l'entendait.

Elle grilla un stop, deux feux rouges, et roulait à vive allure. Pourtant minuscule, Index n'était pas dénuée de circulation ni de piétons.

– Bordel ! Gare-toi sur le bas-côté ! Je ne veux pas mourir ! hurlai-je.

Je m'accrochais farouchement à la poignée au-dessus de ma tête.

– Chochotte ! bougonna-t-elle.

Je fermai les yeux au moment même où la louve évita de justesse une grand-mère qui traversait la route. De colère, cette dernière jeta sa canne sur le minibus.

– OK, je suis ce que tu veux, mais pour l'amour de Dieu et des Déesses, gare-toi ! Maintenant !

Finalement, j'eus gain de cause. Une fois au volant, le trajet se déroula dans de bien meilleures conditions.

– Mais où as-tu appris à conduire ? demandai-je sur les nerfs.

Elle me lança un regard en coin, mais ne répondit pas.

– Nymrasis ?

Elle siffla entre ses dents.

– Je t'ai dit de ne plus m'appeler comme cela !

– Je viens de te poser une question à laquelle tu n'as pas répondu !

La louve soupira les bras croisés sur sa poitrine, celle-ci débordant généreusement de son débardeur gris souris. Je secouai la tête pour me débarrasser rapidement de cette image et me concentrer de nouveau sur la route.

– Je n'ai pas appris, je fais ça au feeling !

Nymrasis réajusta sa queue-de-cheval et commença à tresser sa longue chevelure. Elle s'était donc aussi réveillée en retard…

– Tu devrais les laisser libres de temps à autre, lâchai-je soudainement.

Je ne sais pas ce qui m'avait pris de dire une chose pareille.

– Pourquoi ? « Cela ferait plus féminin » ?

Elle mima des guillemets, un rictus dégoûté sur le visage. Bon et bien, maintenant que j'avais dit une connerie autant m'enfoncer pleinement.

– Tu as des cheveux magnifiques, cela t'irait bien, c'est tout ! Will a bien les cheveux longs et il ne ressemble pas à une gonzesse ! Pourquoi es-tu toujours sur le qui-vive ? Cela doit être épuisant de se méfier de tout le monde !

La louve se tourna, colla son front contre la vitre et mit une main devant sa bouche, elle simula un bâillement.

– Nym ? Tu m'écoutes !

À l'évocation du diminutif, elle se retourna, une expression hébétée sur le visage.

– Je ne me méfie pas de tout et de tout le monde !

Je ricanai à sa réplique.

– Vraiment ? Alors cela m'est réservé...

Nym décida de contempler assidument le bitume de la route.

– Peut-être bien…

Ses mots auraient pu être vexants, mais sa voix éraillée me disait le contraire. J'aurais pu insister davantage, la pousser dans ses retranchements, mais je ne le fis pas.

Un quart d'heure plus tard, elle défit sa tresse et libéra ses cheveux.

ᗭOᕟ

L'aéroport international de Seattle-Tacoma était gigantesque. N'ayant pas l'habitude de la ville, je me perdis à plusieurs reprises. C'était sans compter sur les commentaires narquois de la louve que je dénichais enfin un parking. Dieu que les places de stationnements étaient petites. En réalité, je n'étais pas un virtuose du volant. Nous avions finalement atteint notre destination avec un peu d'avance, alors nous nous installâmes à la table d'un bar restaurant. J'avais trouvé dans la boîte à gants un faux permis de conduire à mon nom, une carte bancaire et un téléphone portable sur lequel Gildas pourrait nous joindre une fois arrivé à bon port.

Les prix des consommations étaient exorbitants. Je me sentais un peu coupable d'utiliser la carte de la meute pour régler l'addition, mais de toute façon, je ne possédais pas d'argent, personnellement. Je commandais un soda, apparemment les gens autour de nous appréciaient ce breuvage. Généralement, quand nous allions en boîte avec Will et quelques amis du clan, nous prenions de l'alcool pur. Celui-ci n'avait pas beaucoup d'effets sur notre organisme.

Ce genre de boisson humaine était plutôt gouteux et bien moins fort que ce que nous distillions au village. Néanmoins, il était un peu tôt pour boire un verre de Whisky sans attirer l'attention des autres clients.

Nym commanda la même chose. Le serveur nous apporta les rafraichissements et reluqua sans vergogne ma coéquipière.

– Un problème ?

Le jeune homme sursauta, il se frotta la moustache nerveusement avant de me présenter un appareil pour payer.

Vu la somme, je venais d'acheter un lingot d'or !

La jeune femme goûta le soda la première et à sa tête, elle n'aimait pas.

Je jetais un regard mauvais au liquide noir pétillant. Je fis la moue avec défiance.

– Tu vois, je ne me suis pas méfiée ! Tu devrais essayer, ce nectar vaut le détour !

Je levai un sourcil sceptique, elle poussa mon verre dans le même temps.

– Allez ! Cul sec, mec !

Nym me fit un clin d'œil, cela me parut trop beau pour être vrai. Je me lançai, et…

– C'est horrible ! Qu'ont-ils mis là-dedans ? Les bulles me piquent le nez !

Un frisson remonta le long de mon échine. La louve était hilare, je venais de me faire avoir comme un bleu.

– Traîtresse !

– Il n'y a pas de raison que je teste cette horreur seule ! se disculpa-t-elle, en essuyant, une larme au coin de son œil.

C'est à ce moment-là que le téléphone vibra. Gildas arrivait.

Nous rejoignîmes le terminal occupé par la compagnie aéronautique japonaise. Le bruit autour de nous était insoutenable et je priais intérieurement pour que l'on en finisse au plus vite. Le lieu et la foule me stressaient, mon loup quant à lui désirait mordre. Je ne connaissais pas personnellement Gildas, mais son odeur parmi toutes celles des humains, vampires, et métamorphes, me titilla les narines. Nym les accueillit avec de grands signes de la main.

Le père de famille était un colosse, il mesurait dans les un mètre quatre-vingt-dix et pesait dans les cent kilos, au bas mot. Ses cheveux bruns lui donnaient un air de parrain de la mafia. En revanche, son sourire le discréditait totalement pour la prétention au titre.

— C'est bon de contempler la nouvelle génération !

Le mâle me saisit dans une accolade virile qui me priva un instant d'oxygène. Il fit de même avec Nym qui souriait comme un camionneur.

— Jack s'excuse de ne pas être venu te chercher lui-même ! commença la louve.

J'étais en train de cracher mes poumons, quand la main délicate d'une jeune femme se posa sur mon épaule. Elle avait tous les traits du pays du soleil levant. Un visage rond en forme de cœur, des cheveux noirs pris dans un chignon complexe qu'elle portait haut sur la tête, et des yeux d'un vert étonnant qui contrastaient totalement sur sa peau crème. Elle était si petite et menue que son âge était indéfinissable. Elle pouvait avoir quinze ou cent ans, je ne pouvais en être certain. Ce qui l'était en revanche, c'était son incroyable beauté.

— Je suis navrée, mon compagnon n'a jamais appris la délicatesse malgré toutes ces années passées au Japon. Cela nous a apporté un nombre incalculable d'ennuis.

Je me redressais le souffle un peu court. Gildas gloussait si fort que certains se retournèrent pour nous observer. Rima dissimula alors son beau visage derrière la manche de son kimono blanc.

– Ne vous inquiétez pas pour moi, je suis résistant. Je me nomme Raphaël et ma coéquipière, Nym. Nous sommes vos débiteurs.

Je regardai autour du couple, à la recherche de leurs enfants. Mon regard tomba sur deux autres mâles. Leur taille était beaucoup moins importante que celle de Gildas toutefois, la ressemblance était frappante.

– Voici nos deux fils. Uriel est l'ainé et Hajime est son cadet de deux ans.

Nym écarquilla les yeux, surprise. Elle aussi ne pensait pas avoir affaire à deux jeunes adultes. De plus, il était extrêmement rare chez les lycanthropes, d'engendrer plusieurs enfants avec si peu d'écart d'âge. Par exemple, William et sa petite sœur avaient trente ans de différence.

Uriel s'avança d'un pas assuré vers ma partenaire. Il affichait les cheveux de sa mère, les yeux bleus de son père, quoique légèrement bridés. Sa carrure se rapprochait davantage du type caucasien, ce qui n'était pas le cas de son frère cadet, ce dernier penchait plutôt du côté de sa mère. Uriel s'inclina en avant en guise de salut courtois.

– Hajimemashite ! Watashi wa Uriel desu ! Dozo yoroshiku oneigaishimasu !

La louve resta un moment dubitative, ne comprenant pas un traître mot.

– Euh… OK… Salut... Moi, c'est Nym !

Haijime donna un coup de coude à son frère et présenta fébrilement sa main à la louve.

– Mon frère est un crétin ! Je vais traduire :

« Enchanté, je m'appelle Uriel ! Merci de prendre soin de nous ! »

La louve serra sans ambages la main du mâle et fit de même avec celle d'Uriel. L'aîné fut surpris par la proximité instantanée de Nym. Au lieu de se froisser, il lui sourit poliment.

– Vous n'avez pas froid aux yeux, continua ce dernier. J'aime beaucoup !

Nym rougit sous le commentaire.

– Tu n'imagines même pas ! acquiesça-t-elle.

Je me déplaçai légèrement sur le côté pour saluer à mon tour les deux jeunes hommes.

- Tranquille ? demandai-je à la louve sur le ton de la moquerie. Attention, tu rougis là !

Nym me colla son poing dans l'épaule, tandis qu'Uriel me lança un coup d'œil noir, chargé de reproches.

Attends ! Il me regarde mauvais, là !

Mon regard glissa du mâle à la louve et de la louve au mâle.

Merde alors...

J'eus envie de gronder. Il n'avait pas encore mis un pied dans la meute qu'il voulait déjà s'approprier ce qui ne lui appartenait pas.

– Si tu essayes de la draguer, tu as intérêt d'avoir les couilles bien accrochées ! opinai-je.

Le Nouveau eut un mouvement de recul.

– Pardon ?

Son frère cadet et son père éclatèrent de rire.

– Je suis navré que vous ayez à supporter un tel équipier, continua Uriel en parlant à Nym.

Elle soupira.

– Moi aussi ! Par contre, tutoie-moi. Nous ne devons

pas avoir un si grand écart d'âge !

Il s'avéra que le loup était plus vieux d'environ cinq ans.

Il y a une quarantaine d'années, Gildas était parti au Japon pour une mission spéciale commanditée par Jack. Là-bas, il avait rencontré sa compagne et ne l'avait pas quittée une fois son affectation terminée. Rima était tombée enceinte d'Uriel durant la mission de Gildas et trois ans plus tard, le couple attendait Hajime. Malheureusement, le clan de Rima n'avait jamais vraiment accepté la présence de Gildas, même s'ils étaient des âmes jumelles. Les « gaijins » ou étrangers étaient souvent mis à l'écart. Les enfants du couple étaient vus comme tels. Leurs places dans la meute en tant que dominants leur avaient été destituées avec l'approche de l'âge adulte. Le temps n'avait en rien arrangé les choses et la frustration ressentie par ses fils devenait bien trop pesante. Rima avait donc pris la lourde décision de s'exiler de son pays natal pour le bien-être de ses enfants.

Uriel et Hajime étaient sur le qui-vive, Rima avait l'air horrifié et Gildas, lui en revanche était ravi.

Chapitre 3

Nous avions mal interprété les paroles de Jack.

Raphaël et moi n'avions pas agencé la maison comme il se devait. Nous avions aménagé la dépendance comme une salle de jeux pour des enfants, sauf que les chérubins en question étaient plus vieux que moi. J'avais donc promis à Uriel et Hajime de les aider à harmoniser la pièce afin que les deux frères puissent vivre à côté de leur famille sans pour autant se marcher les uns sur les autres. J'allais frapper à la porte quand Hajime l'ouvrit à la volée.

– Irashai ! Bienvenue ! Je t'ai entendue arriver !

Je fus surprise par sa déclaration. Je n'avais pas été spécialement bruyante. Le fait qu'il parle Japonais avant de se rendre compte que je ne comprenais pas, me déstabilisa quelque peu. Du coup, je ne sus plus trop quoi répondre.

– Bonjour, salut, euh… Ai-je fait tant de bruit ?

Le jeune homme secoua la tête négativement.

– Pas du tout, j'ai l'ouïe fine. Entre !

L'odeur du thé m'accompagna jusqu'au séjour où se retrouvait la famille pour déjeuner. Une farandole de plats recouvrait la table.

- Veux-tu te joindre à nous ? demanda Rima, affichant un sourire timide.

– Je peux revenir plus tard. Je ne veux pas vous importuner !

Gildas frappa du poing sur la table, tout en riant à gorge déployée.

– Viens goûter les mets du Japon, il n'y a pas de bon riz ici et l'import est plutôt onéreux.

Hajime posa sa main dans mon dos et me poussa doucement devant une chaise. Il rapporta de la cuisine une autre assiette, deux bols et des baguettes.

– Comment allez-vous faire pour vous approvisionner en denrées traditionnelles ? Le poisson est rare au village !

Uriel qui se tenait sur ma droite me montra comment utiliser des baguettes, ce qui ne donna pas grand-chose de concluant, mais qui le fit beaucoup rire. Rima me glissa discrètement dans la main, une cuillère à soupe.

– J'ai beaucoup travaillé pour les humains au Japon,

continua Gildas, mes fils aussi. Nous tenions une agence de sécurité. Beaucoup de Yakuza nous embauchaient, ce genre de clientèle paye bien. En tant qu'étranger, la meute m'a demandé de subvenir au besoin de ma famille et de me débrouiller seul tout en respectant leurs règles. Nous avons assez épargné pour importer ce que nous désirons sans que cela pose de problèmes à Jack.

Je fronçais les sourcils en amenant une sorte de pâte gluante jusqu'à ma bouche. J'hésitais un moment, car l'odeur était vraiment immonde.

– C'est du natto, m'expliqua Uriel. Ce sont des pousses de soja fermentées, d'où l'odeur. Tu verras, c'est plutôt bon !

– On l'a passé en toute discrétion, m'informa Hajime. Si tu n'aimes pas, ne te force pas !

Je goûtais la substance et en réalité, c'était plutôt bon. La texture en bouche était étonnante, mais cela valait le détour.

– Je ne comprends pas ! La meute de Rima ne vous accueillait-elle pas au sein de leur communauté ?

La compagne de Gildas baissa la tête sur son assiette de poisson.

– Je le déplore vraiment, mais les étrangers ne sont pas admis ! Nous possédions une funaya à Ine dans la préfecture de Kyoto.

– Une funaya ?

– Oui, Ine était autrefois un petit village de pêcheurs, les maisons y sont appelées « funaya ». Elles sont composées d'un garage à bateaux en guise de rez-de-chaussée et à l'étage se trouve généralement l'espace de vie. Le bourg vit encore de la pêche, mais aujourd'hui les « funaya » servent soit de lieu d'habitation, soit de lieu de restauration. Dans notre maison, nous avions aménagé le rez-de-chaussée pour que la clientèle profite de la vue sur la mer tout en se régalant de mets délicats. Quand Gildas n'avait pas besoin d'Hajime, il venait m'aider au restaurant.

Je buvais les paroles de la louve, c'était tellement intéressant. Je n'avais jamais dépassé Tacoma, alors entendre parler d'un pays dont j'ignorais la culture, les traditions, la vie, m'invitait aux voyages, à la rêverie… Je donnai un petit coup de coude à Uriel.

– Tu n'allais pas aider ta mère au restaurant ! Fils indigne !

Les joues du loup rosirent.

– On m'appelle « Gaijin » dans mon pays, c'est le nom que l'on donne aux étrangers. Les Gaijins ne sont pas bien vus. Hajime ressemble davantage à Okasan, cela dérangeait moins les clients. Le problème ne se posait pas dans mon rôle de garde du corps.

– Oka… quoi ? Je suis désolée, je ne connais aucun mot japonais !

– « Okasan », signifie mère.

– Oh, OK !

Je me grattai nerveusement la tête.

– Je dois vous paraître un peu stupide !

Uriel laissa échapper un petit rire discret.

– Je peux t'apprendre si tu le souhaites ! Tes manières ne pourront pas être plus déplorables que celles d'« Otosan », de père.

Gildas planta ses baguettes dans son bol de riz.

– C'est bien vrai et en même temps…

Rima piqua un fard, se saisit des baguettes et les posa sur leur socle.

– Combien de fois, t'ai-je demandé de ne plus les

disposer ainsi ?

Je relevai instinctivement la cuillère, en appui sur mon bol.

– En même temps, ça vous fait jacasser !

Gildas passa sa main dans le dos de sa femme, descendit jusqu'à son bassin et l'attira à lui. Elle le frappa avec ses baguettes quand il déposa un baiser sur la commissure de ses lèvres.

- Ici, il n'est pas impoli de s'embrasser en public, très chère ! murmura-t-il à son oreille.

– Quand bien même… Tiens-toi bien à table !

Le mâle la relâcha, un sourire narquois dessiné triomphalement sur le visage.

– Oui, madame !

Je me détournais légèrement sur le côté, les marques d'affection n'étaient pas ma tasse de thé. Je remarquai alors le regard bleu d'Uriel comparable à la teinte des larimars s'attarder sur moi. Ses yeux reflétaient une curiosité non dissimulée, ses lèvres s'étirèrent quand je reportai toute mon attention sur mon bol de riz et d'œufs.

Le reste de l'après-midi fut consacré à l'aménagement de la dépendance. De mon point de vue, les lieux étaient beaucoup trop restreints pour accueillir deux mâles adultes. Toutefois, les deux frères ne parurent pas s'en offusquer.

Raphaël n'avait pu se joindre à nous, car William avait besoin de son aide pour régler une affaire urgente. Quant à moi, je passais une bonne journée en compagnie des fils de Gildas. Ils parlaient couramment notre langue et n'étaient pas fermés à notre mode de vie.

Hajime avait pris le caractère de son père et le physique de sa mère. À l'inverse, Uriel avait le caractère de

Rima et la carrure de Gildas. L'un comme l'autre était très agréables et aucun ne se permit de me donner d'ordre. Les deux frangins essayèrent même de m'apprendre quelques mots en Japonais. Ils se moquèrent ouvertement de mon accent qu'ils qualifiaient de « prémâché ». Je ne savais pas où ils voulaient en venir avant qu'ils m'expliquent que je parlais comme si j'avais un chewing-gum dans la bouche. Ils avaient décidément beaucoup d'humour.

Je les quittais à la nuit tombée. Rima m'avait proposé de rester une nouvelle fois avec eux. J'avais décliné l'invitation, ne me sentant pas le courage de manger encore du riz.

Sur le chemin du retour, je rencontrai Raphaël et William qui rentraient de leur mission. Les deux hommes étaient couverts de boue et entièrement nus.

– Je ne sais pas où vous avez traîné, mais un bon bain ne serait pas du luxe !

J'observai un instant le corps de Raphaël avant de croiser ses yeux. Son regard était d'une telle intensité que je fis mine de ne pas l'avoir remarqué.

- Comment l'aménagement de la dépendance s'est-il passé ? demanda mon équipier froidement.

Le ton de sa voix me fit froncer les sourcils.

– Plutôt bien ! Uriel et Hajime sont très sympathiques. Chacun a un caractère différent, mais dans l'ensemble cool ! Je ne me fais pas trop de souci pour leur intégration !

Raphaël avança, fronça le nez comme s'il avait reniflé un parfum nauséabond.

– Un problème ?

– Il n'y a pas que nous qui avons besoin d'un bain…

Je reculai de quelques pas, et ne pus m'empêcher de

sentir discrètement mon aisselle. Certes, je ne sentais pas la rose, mais je n'empestais pas non plus. Mes vêtements étaient imprégnés davantage par l'odeur des fils de Gildas que celle de la transpiration.

– Dis carrément que je pue au lieu de grimacer !

Je saluai Will d'un signe de la main, donnai un coup d'épaule à Raphaël en le dépassant pour rentrer chez moi. Will siffla dans mon dos, puis j'entendis une claque retentir.

- Arrête ça ! s'exclama mon partenaire.

ƆOƆ

Le soleil s'était levé depuis fort longtemps maintenant. Cependant, je n'avais pas fermé l'œil de la nuit et la fatigue avait eu raison de mon insomnie, tard au petit matin. Ma mère me disait toujours de voir le bon côté des choses, mon appartement était donc propre et ordonné.

Mon téléphone vibra sur la table près de mon lit, je tâtonnai pour le trouver et décrochai. Il y avait peu de personnes qui possédaient mon numéro.

– Oui ?

– La compagne de Kenai est en train d'accoucher, commença le fils de l'Alpha.

Je jetai les draps aux pieds du lit.

– Je ne suis pas sage-femme ! C'est quoi le souci ?

Un rire retentit à l'autre bout du téléphone.

– Tu ne changeras jamais… Il nous faut un chasseur ! Sa place est vacante, alors…

Je me levai subitement et enfilai une culotte à toute vitesse.

– J'arrive !

– Passe prendre les nouveaux, on va voir ce qu'ils

ont dans le ventre !

Will raccrocha, je finis de me préparer et courus jusqu'à la maison familiale de Gildas. Uriel et Hajime réparaient la clôture, endommagée avec le temps.

– Salut !

Les deux mâles me firent un signe de la main.

- Que nous vaut le plaisir de ta présence ? demanda Uriel.

– Je viens vous proposer une partie de chasse !

Leurs regards s'enflammèrent d'excitation.

– Nous chassions peu au pays ! J'ai hâte ! s'extasia le cadet.

Uriel informa leur père de leur absence.

- Amusez-vous les jeunes ! brailla Gildas.

Une chose était sûre : avec Gildas dans les parages, la quiétude du village allait en prendre un coup. Nous rejoignîmes le petit groupe de loups sur le terrain d'entraînement. Il était constitué de Will, Kachada et bien entendu, de Raphaël.

William commença les présentations. Uriel et Hajime ne connaissaient personne hormis mon équipier et moi-même. Kachada était un homme gentil au caractère doux et patient. Il n'était pas très dominant, mais excellait dans le domaine de la traque. Il accueillit donc les deux frères à bras ouverts. Pour le moment, la place des nouveaux arrivants n'était pas encore définie. Elle se précisera au fur et à mesure des missions qu'ils accompliront, mais aussi à leur force de caractère. Au vu de la réaction de l'homme aux cheveux et aux yeux d'ébène, ils avaient un fort potentiel pour gravir les échelons.

– Aujourd'hui, nous sommes en petit comité. Nous chassons l'orignal, un mâle de préférence ! Si vous débusquez une femelle, faites attention qu'elle n'ait pas une portée avant la mise à mort ! On se sépare en deux groupes, on verra lequel sera le plus rapide. Une fois la proie abattue, prévenez les autres. Ne tuez pas pour tuer !

Tous acquiescèrent d'un mouvement vif de la tête.

— Comme vous avez déjà rencontré Raphaël et Nym hier, et que votre nouveau lien de meute n'est pas encore tissé, je vais faire équipe avec vous. Nous pourrons donc communiquer mentalement.

Les deux frangins parurent surpris.

- Tu peux faire cela ? demanda Uriel.

— Oui !

Le mâle fronça les sourcils, recula imperceptiblement.

— Mais… tu as l'air jeune !

— J'ai trente-deux ans. Pourquoi ?

Hajime paraissait ébahi, quant à son ainé, lui, resta perplexe.

— C'est… impressionnant !

Will rit de bon cœur.

— Tu vas vite t'y faire ! déclara ce dernier en lui tapotant l'épaule. Ici, nous ne jugeons pas les autres. Chacun est libre de ses propres choix dans la limite du convenable, et dans le respect de la meute. À présent, c'est à vous de faire votre place, tout est question de mérite ! Tout le monde est prêt ?

— Will ! appela une voix fluette au loin.

L'intéressé se tourna pour faire face à une jeune femme, aussi menue qu'une brindille. Elle était indéniablement belle, sur son passage les hommes la regardaient comme une gourmandise. Elle ne semblait pas en être consciente ou alors elle jouait à la perfection la comédie.

Soumise par nature, je la connaissais que trop peu.

– Nakini ?

Elle s'empourpra à l'évocation de son prénom. Will avait cet effet sur les femmes. Uriel et Hajime se décalèrent pour l'accueillir, elle pencha la tête en avant en guise de salut.

– Mollo et Jack m'ont demandé de garder Kaya pendant leur absence.

– Oui et ?

Elle sursauta.

– Et… hé bien ! Ils ne rentreront pas ce soir, je pense que la maison de père n'est pas un environnement adapté pour une enfant en bas âge !

Elle marqua une pause.

– Je peux peut-être dormir avec elle chez tes parents ! Je ne voulais pas te déranger pour si peu… Je…

Son visage continua de rosir gracieusement.

Oui, je trouve cela mignon, et oui je l'envie beaucoup !

Elle respirait, parlait, transpirait la féminité, douce et fragile comme une petite fleur.

– Non, tu as bien fait ! Garde-la à la maison ! Je prendrai la relève en rentrant de la chasse. Merci pour ton aide !

La jeune femme agita les mains en tout sens, l'une d'entre elles était bleu violacé. Je fronçai les sourcils.

– Comment t'es-tu amochée ? la questionnai-je, en désignant sa main.

Nakini regarda cette dernière, comme si elle n'avait pas remarqué l'énorme hématome.

– Je suis tellement maladroite ! Que veux-tu, ce n'est rien de grave !

La louve ne mentait pas, mais je notais qu'elle ne

nous avait pas précisé comment elle s'était blessée.

Le père de Nakini était l'Exécuteur de la meute. Son rôle consistait à appliquer les sentences quand Jack ne le faisait pas lui-même. Wrath était un homme violent et complètement fou. Bien que Jack le tînt en laisse, personne au village n'osait vraiment le contredire. Les rumeurs couraient que le père de la louve la battait, mais aucun à ce jour ne pouvait l'attester formellement. Jusqu'à présent, ce n'était que doutes et suspicions...

La louve prit congé sans plus attendre, sous le regard admiratif des mâles célibataires qui m'entouraient, Kachada étant le seul à ne montrer aucun signe d'intérêt. Il n'avait d'yeux que pour sa compagne Yuna.

Je croisai les bras sur ma poitrine, puis me raclai la gorge.

– Une petite bière, peut-être ? Si je vous gêne, je vous laisse entre mecs !

William frappa dans ses mains pour attirer l'attention sur lui.

– Bien ! Que la chasse commence !

Mauvaise impression

J e n'avais pas apprécié le parfum d'Uriel hier

soir, et pourtant, nous ne nous étions pas directement approchés. En revanche, je l'avais senti sur la peau de Nym et maintenant que je le voyais arriver avec ses airs supérieurs en compagnie de la jeune femme, cela me rendait encore plus mitigé à son sujet. Je ne le connaissais pas alors je ne pouvais le juger sur une simple odeur ou son apparence.

Mon loup en revanche, s'en fichait comme de sa première chemise. Il voulait lui faire comprendre où devait être sa place. Je le retins cependant, le muselant une fois de plus, il n'apprécia pas, mais se retrancha tout de même au fond de mon esprit.

Nym était souriante, le fils aîné de Gildas avait l'air de lui plaire. Je me renfrognais sans trop savoir pourquoi. Cela venait certainement de mon animosité envers l'homme, dont je ne désirais pas me souvenir du prénom. Je décidai de le nommer le Nouveau.

– Tu n'as pas l'air ravi de leur présence, glissa Will d'une voix basse.

Je n'en attendais pas moins de mon ami d'enfance. Chacune de mes réactions était lue et interprétée avec une facilité déconcertante par Will. Il me connaissait sur le bout des doigts.

– L'aîné ne me plait pas.

Je ne savais pas encore pourquoi, je trouverai la raison plus tard. Kachada se décala pour nous laisser discuter tranquillement. Le loup n'était pas très dominant et ne souhaitait pas interférer dans ce genre de jeux.

Le fils de l'Alpha ricana.

– Laisse lui une chance, il n'a pas l'air très sûr de lui ! Et puis, il a Nym à ses côtés…

Je sifflai entre mes dents.

– Pour prouver quoi ? Sérieux !

William leva un sourcil.

– Il doit paraître fort, s'il veut lui plaire ! Nym est une belle femme, peut-être pas le symbole de la féminité, mais elle est remarquable ! Elle ne va faire qu'une bouchée de lui s'il ne reste pas sur ses gardes. Pour le moment, il se débrouille bien… J'ai l'impression qu'ils s'entendent bien tous les trois !

– Ouais…

– Quoi ?

– Rien ! Tu n'as qu'à les mettre ensemble à la chasse !

Le jeune Alpha me sourit niaisement, mais n'ajouta rien. Nym nous salua et William commença les présentations, puis décida de faire équipe avec les deux frères, ce qui était un pari risqué. Les nouveaux arrivants pourraient essayer de prendre le dessus sur mon ami. Cependant, Will savait ce qu'il faisait et voulait certainement tester leur facilité d'adaptation. Il était difficile pour un loup dominant d'accepter les ordres d'un supérieur qu'il ne connaissait pas et surtout plus jeune.

- Un problème ? me demanda discrètement Kachada.

– Non !

Personne ne faisait attention à notre discussion, trop occupés à parler des capacités de notre futur Alpha.

– Tu les regardes comme si tu allais les tuer

Je me tournai en direction du jeune homme.

– Mais, non voyons !

L'Amérindien hésita.

– Tu n'es pas un mec souriant à la base, mais là, je t'assure que tu fais flipper !

Nym me lança un regard réprobateur, Kachada avait certainement raison.

– Qu'est-ce qui te prend, mec ?

Je restai silencieux un instant, Nakini s'avançait vers nous d'un pas hésitant. La louve était tout simplement l'opposé de Nym. De petite taille, elle paraissait aussi fragile qu'un oisillon. La jeune femme était très soumise, écrasée sous la domination qu'exerçait son père. Peu de gens pouvaient supporter le poids de la puissance de Wrath, elle faisait pourtant partie de ces personnes. Uriel et son frère sentirent la présence discrète de Nakini avant de l'apercevoir, c'était plutôt étonnant.

— Rien, sûrement une mauvaise impression…

Chapitre 4

Le fils de l'Alpha nous donna ses instructions pour la traque. Je me dévêtis pour prendre ma forme animale. Je m'excentrais un peu du petit groupe des mâles, pliais mes vêtements et les posais sur l'un des mannequins de bois. Raphaël me rejoignit.

– Prête ?

Je me tournai pour lui faire face, la nudité était tout

ce qui était de plus banal au village. Toutefois, depuis que j'avais surpris mon équipier dans la salle de bains la veille, je trouvai très difficile d'affronter la vue de son magnifique corps. Je détournai discrètement le regard, j'étais cernée. Uriel attendait l'ordre de départ sur ma droite. Son corps était tout aussi puissant que celui de Raphaël et ses muscles semblaient faits de béton.

Ses yeux se posèrent sur moi, il ne cacha pas son intérêt et un sourire timide naquit aux coins de ses lèvres.

Raphaël attrapa mon poignet.

– Kachada et moi t'attendons ! Sois plus concentrée, tu batifoleras plus tard !

Il lança un regard réprobateur à l'autre loup, sa voix était cassante, je fronçai les sourcils.

– Mets-toi…

Mon équipier se transforma en une fraction de seconde. Ses yeux de jade et d'or contrastaient avec son pelage gris. Sous cette forme, il était presque aussi grand que Will, qui lui était immense même pour notre espèce.

Les deux frères possédaient une fourrure plus classique, allant du blanc au gris foncé. Hajime avait une tache sombre sur le museau qui ressemblait à un petit pansement, Kachada lui, était entièrement brun. Je me métamorphosais à mon tour. Ma robe arborait des couleurs allant du roux au marron, en passant par le noir.

– *On prend par le Sud, déclara William. Vous, par le Nord ! La chasse est ouverte !*

À cette injonction, les deux groupes se séparèrent immédiatement. Nous courûmes plusieurs lieues avant de commencer la traque, car les herbivores ne s'aventuraient jamais près du village. La forêt était en ébullition, le printemps avait laissé la place à un été chaud et ensoleillé.

Beaucoup d'animaux attendaient les premières fraicheurs du soir pour émerger de la protection des arbres. Je ne participais pas souvent aux chasses. Ma promotion récente changerait certainement cela. J'avais le cœur léger et j'avais dans l'idée de prouver ma valeur à Will en tant que chasseuse.

Je humais l'odeur d'un cervidé qu'une bonne heure après notre départ. La piste n'était plus toute fraîche, mais elle m'indiquait que nous avions affaire à un mâle solitaire. Avec un peu de chance, l'animal n'avait pas migré trop loin. En cette saison, les orignaux avaient tout intérêt à refaire leur stock de graisse dans la plaine avant l'approche de l'hiver.

– *J'en ai un !*

- *On te suit ! me répondit Kachada.*

Raphaël resta silencieux. Je suivis les traces un bon moment, toutefois la totale coopération du mâle gris me posait un problème. J'avais proposé cette piste pour le piquer au vif, Raphaël préférait les objectifs plus concrets. Là, l'odeur remontait à plusieurs heures et l'animal avait sûrement parcouru des kilomètres.

J'essayai de me connecter à son esprit, je ne rencontrai que le néant. Je le poussai d'un coup d'épaule, l'obligeant à reporter son attention sur moi. Kachada nous distança à ce moment. Le mâle gris claqua des mâchoires.

– *Quoi ?*

– *Tu as l'air soucieux !*

Il gronda, montra ses crocs longs comme des couteaux.

– *Mais qu'avez-vous tous ? Je vais bien ! Et depuis quand cela te préoccupe-t-il ?*

Ma louve se renfrogna, je grognai à mon tour et mes dents claquèrent à quelques centimètres de son oreille. Il secoua la tête, surpris.

— Je me fais du souci depuis que tu as regardé Uriel avec les mêmes yeux que lors de notre entraînement ! Cela t'arrive-t-il souvent ces derniers temps ? On dirait que tu perds le contrôle, c'est dangereux !

Le loup accéléra la cadence, refermant son esprit au mien. Il était si rapide que malgré l'avance de notre compagnon, il le dépassa sans peine en quelques minutes. J'avais moi-même du mal à suivre son rythme effréné.

— Vous fichez quoi ? On n'est pas du tout discret là ! se plaignit Kachada.

☾◯☽

La piste olfactive devenait de plus en plus claire. Je compris alors que Raphaël comptait la jouer en solo. Je ne perdis pas de temps et lui assénai un coup d'épaule, le loup gris pivota et manqua de me mordre la patte.

— Qu'est-ce qui te prend ?

— Lâche-moi la grappe !

Je plaquai les oreilles en arrière.

— Comme si j'étais du genre à le faire...

Je lui sautai dessus. Il tenta d'esquiver, mais je l'emportai avec moi dans mon élan. Nous basculâmes le long d'une pente, nous cognant contre plusieurs troncs d'arbres et finîmes le cul dans l'eau claire d'une rivière. Si Will avait pu voir la tête de son ami, lui aussi aurait été hilare.

Soudain, l'odeur du gibier réveilla mes instincts, je me relevai d'un bon et pourchassai l'animal.

— Attends, Nym !

Cette fois, je ne comptai pas le laisser prendre les

rênes de la chasse. J'accélérai et parcourus en quelques minutes les derniers mètres qui me séparaient de ma proie. La végétation s'était faite plus dense et j'avais du mal à la cibler. La robe de l'orignal se fondait parfaitement dans la frondaison.

    – Nymrasis ! Arrête-toi, bordel !

    – Si tu crois que je vais t'obéir, tu peux aller te faire foutre !

    Je grondai, il me répondit par un hurlement sonore. À cet instant précis, j'aperçus ma proie. Elle avait entendu mon approche et se tenait aux aguets. Ses mouvements devinrent subitement erratiques.

    – Nymrasis ! Non !

    Je fermais à mon tour mon esprit. Le loup me cassait les pieds, personne ne me donnait d'ordre !

    Je m'élançai et bondis, pourtant je n'atteignis jamais l'animal. Une masse de fourrure grise me percuta à pleine vitesse, m'envoyant valser contre le tronc d'un arbre mort. Je me relevai titubante, mais prête à lancer tant bien que mal un nouvel assaut. Alors, la mâchoire du mâle se referma sur ma nuque, son poids m'écrasa, je ne pouvais plus bouger, ne serait-ce qu'une patte. Kachada nous rejoignit, je sentis l'odeur de son inquiétude. Les larmes me montèrent aux yeux, personne n'avait osé me dominer de la sorte. Le pire, c'est qu'il ne forçait même pas pour me maintenir à terre.

    – Lâche-moi, connard !

    Je regardais l'orignal fuir. Quelque chose se mouvait à ces côtés, mais le choc me faisait tourner la tête et je ne distinguais plus clairement les alentours. Je me débattis, c'était peine perdue.

    – Pas tant que tu ne te seras pas calmée !

    – Je vais t'enfoncer une noix de coco dans le cul si

tu ne retires pas tes crocs de mon cou !

Il hésita puis se décala. Par vengeance, je lui assénai un coup de patte arrière dans le museau. Il secoua la tête pour éradiquer la douleur. J'allais reprendre ma course, mais il me barra de nouveau la route.

- Non, mais tu ne vas pas bien ! hurla mentalement Raphaël. C'est quoi ton problème ?

- Occupe-toi de ton cul ! rétorquai-je acerbe. Tu voulais te la jouer solo, et voilà que Monsieur me fait la morale !

Le loup gronda, me montra des crocs menaçants.

– C'était une femelle et elle avait un petit ! Tu es si fière et butée que tu as foncé tête baissée ! Tu n'as rien écouté !

C'était donc cela qui se mouvait à côté de l'élan !

Il me jeta un regard noir.

– Fais-tu exprès d'être pénible ou est-ce un état naturel chez toi ? continua-t-il.

Prise au dépourvu, je ne trouvais plus grand-chose à répliquer. Raphaël avait raison, j'avais chié dans la colle. Néanmoins, le loup m'avait clairement démontré qu'il avait le dessus sur ma personne. Il m'avait humiliée, devant un autre membre de la meute qui plus est. Je ne désirais qu'une seule chose : m'enfuir loin, très loin.

– Je ne t'obéirai pas quoiqu'il arrive ! Tu n'es en rien mon supérieur !

Le mâle gris plaqua les oreilles contre son crâne, agacé.

– Il ne s'agit pas de cela, arrête de tout mélanger ! Tu n'étais pas à l'écoute de tes équipiers !

Un hurlement nous stoppa net, c'était celui de William.

– *La proie a été mise à mort ! Vous pouvez cesser la traque !*

Raphaël renifla avec dédain

– *Si tu n'es pas foutue de coopérer dans le but d'avoir le dernier mot, ce n'est plus la peine de faire équipe ensemble ! Désormais, tu iras avec Uriel. Tu es si mielleuse avec lui que tu devrais être plus docile !*

La colère naquit dans mon ventre, s'infiltra dans mes veines. Elle était si froide qu'elle glaça mon cœur.

– *Nous arrivons, informai-je le reste des chasseurs.*

Le loup gris me regarda faire demi-tour et partir en direction de l'autre groupe.

Nous rejoignîmes William et les deux frères au sud des terres de la meute. Raphaël traîna la patte derrière nous. Quand la brise était favorable, je sentais le parfum de sa frustration. Cependant, il n'avait pas donné suite à notre dispute.

Les trois loups nous attendaient pour transporter les morceaux du cervidé. Leur proie était d'ailleurs bien plus imposante que celle que nous avions poursuivie le temps d'un battement de cils.

Will hocha la tête en nous voyant débarquer, mais ne fit aucun commentaire. Ses yeux reflétèrent une curiosité non dissimulée. Uriel s'avança vers moi, colla sa truffe sur mon museau. Sa queue fouettait l'air frénétiquement, je le laissais faire à sa guise. Il souhaitait simplement s'intégrer après tout.

Pour le moment, les deux frangins ne pouvaient pas, directement communiquer avec le reste de la meute. Le lien de meute ne se connectait qu'une fois l'allégeance prêtée à l'Alpha du clan.

Raphaël nous dépassa, son regard réprobateur me

tapa sur le système. Je lui montrai une canine saillante, mais mon geste le fit rire.

Le défi

J e rentrais directement chez moi, après avoir

entreposé la carcasse du gibier dans une chambre froide qu'Elma maintenait à température grâce à un sortilège.

L'après-midi touchait à sa fin et les incidents qui s'étaient déroulés durant la chasse m'avaient profondément contrarié. Mon loup avait bafoué la fierté de Nym en la soumettant à mon emprise. Bien sûr, il était de mon devoir de la stopper avant qu'elle ne tue l'orignal. Toutefois, je n'avais pas eu dans l'idée de la neutraliser ainsi. Je savais pertinemment qu'elle en serait blessée. À présent, je m'en voulais énormément d'avoir agi si bêtement.

On frappa à ma porte à la nuit tombée, c'était William. Je l'invitai à entrer, il s'installa sur l'un des tabourets vers le bar.

Comme la plupart des loups célibataires du clan, mon appartement ne comptait qu'une grande pièce et une salle d'eau avec toilette.

– Tu bois quoi ?

– Ce que tu as !

Le regard de mon frère ne me quitta pas quand je pris deux verres et de la bière distillée par les soins de la meute. Je le servis, sans faire attention à ses sourcils levés.

– Dois-je vraiment te demander ce qu'il s'est passé ?

La bouteille tapa contre le comptoir quand j'abaissai la main, la mousse déborda hors du goulot directement sur mes vêtements.

Foutue journée de merde ! En plus, je déteste la mousse !

– Putain ! Non !

J'attrapai un torchon sur le plan de travail et entrepris de nettoyer ce gâchis.

– C'est bon, je n'ai pas spécialement envie d'en parler.

Will se moqua de moi en voyant l'état de mon t-shirt. Je le balançai dans un recoin de la pièce, juste à côté de l'entrée de la salle de bains.

– OK ! Je compte faire une soirée entre mecs ce soir, pour permettre une meilleure intégration aux fils de Gildas. Tu n'es pas obligé de venir si tu ne le souhaites pas.

Je jetai un coup d'œil à mon ami qui me narguait silencieusement.

— Alors, pourquoi me parles-tu de cette soirée ?

— Tu ne veux pas me dire ce qui s'est produit alors…

Je soupirai. Il me fatiguait…

— OK ! Nym a failli tuer une femelle avec un bébé, je l'en ai empêchée !

Le fils de Jack resta silencieux, son geste suspendu au moment où il porta son verre à ses lèvres.

— Ce genre d'erreur ne lui ressemble pas.

— Elle… Mon loup l'a soumise… Je l'ai soumise… devant Kachada !

Will reposa son verre calmement.

— Et comment…

Je savais déjà où voulait en venir mon ami, je n'attendis donc pas la fin de sa phrase.

— Mal, évidemment ! Je n'arrive pas à la comprendre ! Elle est tellement changeante dans son comportement ! Je l'ai blessée aujourd'hui, pas physiquement, mais je crois qu'elle aurait préféré !

Will acquiesça.

— Je pensais que vous vous entendiez mieux !

Je me frottai le visage.

— Oui et non. Cela dépend des jours, je suppose…

Là, j'ai définitivement grillé mes chances d'arranger notre relation. Enfin, en même temps ce n'est pas comme si nous étions des potes !

— Hm...

Le regard de Will se promena vaguement autour de la pièce.

— Quoi ? attaquai-je

— Rien.

Je lui assénai un coup de poing qu'il n'essaya même pas d'éviter.

– Tu sais que tu es super lourd quand tu joues les plus malins, alors accouche !

Le loup ricana. Le pire, c'était que ce salaud était séduisant en toute occasion.

– Tu as foiré !

Je restai pantois.

– Merci, je le sais !

Il finit sa chope, se leva, et se dirigea vers la sortie.

– À ce soir !

– À… quoi ? Non, merci ! Je ne veux pas me coltiner les nouveaux !

Will agita la main.

– Je viens de faire ma BA ! À toi de faire la tienne ! Change-toi et ramène ta fraise !

Le futur Alpha s'éclipsa, me laissant seul face à ma bière.

Je pris une douche après le départ de mon ami. L'eau chaude ruisselait le long de ma nuque, lavant la poussière collée sur mon corps. Je remarquai un hématome, sur mon épaule droite, j'espérais que Nym n'avait pas de côtes cassées. Je m'accroupis dans la douche et soupirai bruyamment. Je n'avais pas du tout envie de passer la soirée en compagnie des nouveaux. En réalité, à part Will je n'aimais pas spécialement la compagnie des autres. Je n'étais pas asocial non plus, mais je chérissais ma tranquillité.

Le fils de l'Alpha était un sacré enfoiré. Il était tout à fait conscient que je ne voulais pas participer à sa petite sauterie.

Bref, je me suis encore fait avoir !

ↃOↄ

Une heure plus tard, je frappais à la porte de l'appartement de William. Visiblement, j'étais le premier arrivé. Le loup préparait un saladier de pop-corn.

— Ne m'as-tu pas dit que la soirée commençait à vingt heures ?

Je relus le SMS pour vérifier l'heure du rendez-vous. Il leva la tête et me sourit.

— Tu tombes bien, j'avais besoin d'aide !

Je croisai les bras sur mon torse.

— Je pense qu'en ce moment, tu me mènes un peu trop par le bout du nez ! Ne peux-tu pas directement me demander les choses ?

— C'est bien plus sympa de voir la tête que tu fais !

L'appartement de Will était bien plus grand que le mien. Au rez-de-chaussée se trouvaient la cuisine, le séjour et un w.c. L'étage était composé d'une seule et unique pièce qui servait de chambre à coucher et de salle de bains. Will était d'ordinaire plutôt vieux jeu, il ne possédait aucun appareil numérique hormis son portable. Pourtant, une télévision trônait au milieu du salon, des coussins étaient jetés çà et là à même le sol.

- À qui as-tu piqué cette télé ? demandai-je. Tu ne me feras pas croire que tu l'as achetée !

Will déposa les pop-corn sur la table basse, j'ouvris un paquet de chips importé d'un magasin métamorphe.

— Les seins d'une femme sont bien plus intéressants que les programmes télévisuels ! Tu devrais peut-être essayer !

Je lui lançai le torchon posé sur le bar.

– Mon père me l'a prêtée, seulement pour cette soirée ! La console aussi... Je ne sais même pas comment cette chose fonctionne !

– Tu es un vieux avant l'âge ! Même ton père joue aux jeux vidéo !

Je le savais, car nous faisions des parties en ligne de temps à autre. Kachada arriva une demi-heure plus tard, puis vint le tour des deux frères.

Le fils de l'Alpha avait aussi loué quelques DVD pour l'occasion. On entama l'apéritif, les pizzas faites maison étaient en train de cuire, la soirée se déroulait mieux que je n'avais pu l'imaginer.

On commença par quelques manches de jeux vidéo en ligne. William n'était vraiment pas doué et je ne me gênais pas pour me moquer de lui ouvertement. Les pizzas furent englouties en quelques minutes seulement, puis Kachada proposa un jeu pour se déconnecter un peu de la télévision. J'avais remarqué le soulagement dans les yeux dorés de William.

Les règles étaient simples. Vous aviez une question, vous deviez y répondre. Les thèmes étaient plutôt variés et parfois gênants. Kachada rajouta une règle essentielle : chaque fausse réponse était accompagnée d'un verre d'alcool, avalé cul sec. L'idée me plut et avant que l'effet de l'alcool ne se fasse sentir, nous avions le temps de faire pas mal de tours de table.

La partie commença et le premier verre fut vidé. Un tas de bouteilles furent consommées ce soir-là... Une fois les boissons humaines avalées, on entama les choses sérieuses. Will nous servit le spiritueux distillé avec grand soin par un membre de la meute. On l'appelait entre nous « l'eau-de-feu », car elle assommait n'importe quelle créature surnaturelle en deux verres. L'alcool finit par chauffer les oreilles de tous les hommes présents, de sorte qu'on n'utilisait plus les cartes et que tout le monde répondait à la même question, souvent en même temps.

Will me jaugea du regard et lança.

– Si une seule femelle devait passer dans votre lit, les deux prochaines années. Laquelle choisiriez-vous ?

Oui ! oui ! Une fois ivres, les mecs aussi avaient des conversations de gonzesses !

Kachada leva un sourcil et haussa les épaules.

– Ma compagne me convient !

Hajime se frotta le cuir chevelu, apparemment réfléchir lui faisait mal à la tête.

– Halle Berry ! Je ne connais pas beaucoup de femelles ici, à part Nym !

À l'évocation du nom de mon équipière, je relevai instinctivement le menton.

- Raph ? demanda Will.

Je soupirai.

Franchement, c'est quoi cette question à la con !

Le souvenir des hanches ondulantes en de langoureux va-et-vient me revint en mémoire, je sentis mes joues me brûler.

– Il y a bien trop de jolies filles dans la meute pour choisir, éludai-je.

– Et toi, Uriel ?

Le Nouveau n'eut pas l'ombre d'une hésitation.

– Nym ! Elle est tout à fait le genre de femme qui me plait !

Je ne pus m'empêcher de rire, ce qui déplut fortement au fils de Gildas.

– Un problème ?

Mon sourire se fit carnassier, je me penchai plus en avant sur la table.

– Parce que tu penses vraiment qu'elle va te laisser faire, sérieusement ?

L'autre mâle se leva brusquement et envoya valser le coussin sur lequel il était assis. Hajime le rattrapa à la volée.

– Cela te fait-il chier, qu'elle préfère coucher avec moi ?

Je n'appréciais pas beaucoup Uriel, mais cette fois j'avais trouvé la raison pour laquelle sa gueule ne me revenait pas. Il était si prétentieux que cela me donnait envie de vomir, à moins que l'alcool y soit pour quelque chose…

Je me frottai le visage, agacé.

– Je ne vois pas ce qui te fait penser cela, mais je t'en prie, fais-toi plaisir ! Ma coéquipière te mangera avant que tu n'arrives à la déshabiller de toute manière !

Mon ton était narquois, je le provoquais délibérément.

– J'ai remarqué ton regard quand elle est avec moi ! Je ne suis pas aveugle !

Je respirais profondément. Je ne voulais pas m'emporter, pas alors que mon loup avait déjà fait des siennes aujourd'hui.

– Tu es bien sûr de toi, dis donc !

Un sourire naquit à la commissure de ses lèvres.

– Très bien, le premier à l'avoir dans ses draps gagne la manche ! Si tu perds, tu ne t'approches plus d'elle, dans le cas contraire, je ferai de même !

William leva les bras en l'air.

– Oula les mecs, tout doux ! Je ne suis pas certain que c'est le moment de faire de tels paris !

- OK ! répondis-je.

– Raph !

Uriel me tendit la main, je la serrai assez fort pour la lui briser, toutefois ce con résista à la douleur et me retourna la pareille.

Le fils de l'Alpha calma le jeu et nous sépara, bien malgré nous. Will mit un DVD, Hajime tira son frère vers le canapé, Kachada les rejoignit.

Je sortis prendre l'air, mon loup était trop proche de la surface.

Le ciel étoilé était encore magnifique, aucun nuage ne venait gâcher la scène. Il ferait sûrement beau demain. Une chouette hulula dans l'obscurité, le craquement d'une branche se fit entendre à son envol. Je l'imaginai en train de survoler le village à la recherche d'une proie facile. Les souris et mulots ne manquaient pas dans les parages.

Je sentis la présence du futur Alpha dans mon dos.

– Tes yeux ont la couleur de l'émeraude.

Je ne répondis rien, il continua.

– Si Nym l'apprend…

Je baissai la tête, un rictus figea mes lèvres.

– Je suis mort, je le sais !

Will se pencha sur la rambarde, adoptant la même position que moi.

– Alors, pourquoi ?

D'abord, je me renfrognai, puis changeai d'avis et décidai d'être franc.

– Je n'aime pas sa manière de la regarder ! Je ne compte pas relever le défi. Nym se chargera de lui avant moi !

Will hésita.

– Et si elle répond à ses avances ?

Une colère sourde pulsa brutalement dans mes

veines.

– Je n'y ai pas pensé. J'espère qu'elle n'est pas assez bête…

Will replaça son chignon sur le haut de sa tête.

– Uriel n'est pas un mauvais parti, et il n'a pas d'a priori sur elle, contrairement à certains mâles de la meute.

Je me tournais de façon à voir le visage de mon interlocuteur, m'asseyant en amazone sur la balustrade. Je savais que mon frère de cœur avait raison. Elle pouvait faire le choix de prendre le Nouveau pour compagnon.

– Es-tu en train de me dire que je devrais courtiser Nym ?

Ses lèvres s'étirèrent.

– Oui… non… cela dépend de tes intentions !

Je restai dubitatif un instant, voilà que William parlait par énigmes.

– Elma, sors de ce corps !

Le loup rit à mon incantation. Elma, la vieille sorcière de la meute, était malicieuse et mystérieuse, mais ce qui la définissait par-dessus tout était ses propos souvent très énigmatiques.

– Ne lui fais pas de mal, c'est tout ce que je peux te conseiller.

Sur ce, Will rentra. Je restais encore un moment dehors, ressassant les évènements de la journée.

Depuis que Jack nous avait demandé de faire équipe Nymrasis et moi, j'avais la désagréable impression de m'enfoncer toujours plus dans les emmerdes. Quelle idée m'avait traversé l'esprit lorsque j'avais accepté le défi du Nouveau. Cette élucubration me laissa penser que j'avais des araignées collées au plafond et que j'étais un sacré crétin.

Néanmoins, je devais avouer une chose :

Je n'étais pas contre une partie de jambes en l'air avec la louve.

Chapitre 5

Mon téléphone sonna tôt ce matin. Le soleil
ne s'était pas encore levé et le village commençait tout juste
à s'éveiller. Moi qui pensais avoir un peu de temps libre
aujourd'hui, je m'étais mis le doigt dans l'œil. À vrai dire,
j'avais très peu dormi. Je revoyais sans cesse le moment où
Raphaël m'avait bloquée au sol et je ressentais une immense
frustration devant mon incapacité à me soustraire à l'étau de

ses mâchoires. Je savais que le loup était puissant, toutefois, la dure réalité de la vie me revenait en pleine poire. Il y avait une grosse différence entre savoir et subir... Finalement, je m'apercevais que derrière mes grands airs, je ne faisais pas le poids.

Je repoussai une nouvelle fois cette idée et décrochai. C'était Jack, l'Alpha me demandait de me rendre chez l'un des amis d'Elma afin de récupérer quelques plantes et herbes médicinales. Pour le coup, je n'avais pas très envie de faire l'aller-retour jusqu'à Seattle, seulement, je n'avais pas trop le choix. En revanche, je pouvais décider avec qui faire le chemin. L'idée d'appeler Raphaël m'effleura l'esprit, puis je me ravisai. Après ce qu'il venait de se passer, je ne souhaitais pas être confrontée au jeune homme.

Je composai donc le numéro d'Uriel et lui demandai s'il avait du temps devant lui. Il accepta ma proposition avec un enthousiasme non feint et j'en fus ravie, trop heureuse de me dérober à Raphaël.

On se retrouva devant la maison d'Elma, l'Ancienne de la meute. Les Anciennes sont des sorcières nées de l'essence même de l'univers, leur ADN est constitué de magie pure.

La vieille femme me salua d'un geste de la main dès mon arrivée. Ses cheveux blancs flottaient au vent, ses yeux verts pétillaient de malice. Ici, tout le monde adorait Elma, peu importait qu'elle ne soit pas une lycanthrope. D'ailleurs, son compagnon en était un, malheureusement, je ne l'ai jamais connu. La sorcière se tenait en appui sur un grand bâton biscornu qui semblait aussi vieux qu'elle.

- Où est ton équipier ? me demanda-t-elle avec douceur.

J'observais les environs à la recherche du fils de

Gildas et lui souris en le voyant. Je montrais Uriel d'un signe de tête.

– Le voilà !

Elma étrécit aussitôt les yeux, cela lui donnait un air renfrogné que je n'aimais pas surprendre sur son visage. En général, cette moue annonçait que le coup de crosse n'était pas loin.

– Je ne te parle pas du blanc bec ici présent ! Où est Raphaël ?

– Chez lui, certainement…

Et le coup tomba.

– Jack ne m'a pas précisé que Raphaël devait venir avec moi ! Pourquoi me frappes-tu ? Bordel !

Elma m'assena un nouveau coup de bâton.

– Ne jure pas ! C'est moche !

Je me frottai vigoureusement le crâne. Uriel se précipita sur moi et prit ma main dans la sienne. Mes muscles se contractèrent au contact du loup.

– Ça va ?

Je lui souris essayant d'être plus douce, plus féminine.

– Oui, merci, ce n'est rien. Cela arrive souvent !

Le mâle se tourna pour faire face à l'Ancienne.

– Dis, grand-mère, tu peux faire mal à quelqu'un avec ta canne ! Veux-tu que je te raccompagne ?

La bouche d'Elma resta grande ouverte.

– Qui traites-tu de grand-mère ? Mais tu ne vas pas bien, bougre d'âne ! Quel crétin !

La crosse fouetta l'air avec rapidité, Uriel para l'attaque du revers de la main puis retira cette dernière immédiatement. Il ne s'attendait pas à une telle force venant d'une femme si âgée. Il secoua sa main vigoureusement pour chasser la douleur et allait répliquer, mais je le coupai avant que l'irréparable n'arrivât.

– Ne fâche pas Elma ou il va y avoir de l'orage sur le village durant un mois !

Les yeux d'Uriel passèrent de la vieille femme à moi, puis de moi à la vieille femme.

– Pardon ?

– Elma est une Ancienne, lui expliquai-je.

Le sourire du fils de Gildas s'étira.

– Je vois… Désolé, grand-mère, je ne voulais pas te contrarier !

Le loup exécuta une révérence polie.

– Mouais…

La grimace de la sorcière me fit rire. J'étais certaine qu'elle échafaudait déjà un plan pour se venger d'Uriel.

Elma me tendit alors une liste de courses.

– Meika est une chamane qui vit dans la meute changeling de Seattle. Elle te fournira ce qui est inscrit sur cette page.

Elle me confia ensuite deux petites bourses, l'une clairement remplie de vraies pièces d'or. L'autre était beaucoup plus légère, mais je ne sus jamais ce qui s'y trouvait.

– Laisse lui les deux escarcelles et présente lui mes salutations. Il y a si longtemps que nous ne nous sommes pas revues ! Je crains de ne plus avoir les jambes pour porter ma carcasse jusqu'à Columbia City !

Je les plaçais méticuleusement dans la sacoche de poitrail, car je comptais me transformer à la lisière de la forêt. En plus de ce qu'Elma m'avait donné, je pris des vêtements de rechange pour la journée à venir.

Uriel salua la vieille dame, puis me fit un clin d'œil

avant de se diriger à l'orée des arbres.

– Nym !

Je me retournai.

– Oui ?

– Connais-tu l'histoire du « Petit Prince » ?

Je fronçai les sourcils.

– Non !

Elle parut déçue de ma réponse, ses lèvres s'étaient pincées avec mécontentement.

– C'est le livre d'un auteur français, Antoine de Saint Exupéry, écrit et publié en mille neuf cent quarante-trois.

– Je n'aime pas lire…

– C'est un conte pour enfants ! Pas trop compliqué à lire, même pour toi, et cela mettra un peu de plomb dans ta tête de jeune fille !

Je soupirai. Le problème avec Elma, c'était que l'on ne savait jamais où elle voulait vraiment en venir.

– Je vais l'acheter en ville !

– Bien !

Maintenant que j'avais évité une catastrophe, je pouvais partir l'esprit tranquille. Je me dépêchai de rejoindre Uriel qui s'était déjà déshabillé et m'attendait les bras croisés sur le torse.

– Alors, c'est cela une Ancienne ! Je les imaginais plus… spirituelles !

La remarque de l'homme me fit rire.

– Ne te méprends pas sur Elma ! Elle a sa manière de faire, mais elle est plus sage que quiconque !

ↃOↄ

On arriva à Colombia City aux alentours de midi, la route était longue et fatigante. Uriel trouvait lui aussi et je ne sais pour quelle raison que je conduisais comme un pied. Le jeune homme, quant à lui, s'en sortait plutôt bien pour quelqu'un qui avait conduit toute sa vie à gauche ; au Japon comme en Angleterre, on conduit à gauche.

À présent, j'avais une faim de loup. Cela tombait bien, il y avait une chaine de fast food dans les environs. La nourriture était certainement bourrée de choses chimiques, afin que les gens ne soient pas malades. Je ne savais pas comment les humains arrivaient à se nourrir de telles substances, mais peut-être était-ce une sorte de capacité que nous n'avions pas nous les surnats. Pour finir le repas, Uriel m'emmena dans un bar et commanda deux cafés. La meute en importait au village, je n'en buvais guère, mais j'aimais le goût. Le serveur nous apporta nos consommations. Son regard s'attarda un peu trop longtemps sur mon décolleté, Uriel émit immédiatement un grognement à son intention.

– Regarde encore mon amie ainsi et je t'arrache les yeux !

Le pauvre garçon recula de quelque pas et s'enfuit littéralement la queue entre les jambes, sous la menace.

Il fallait savoir que les lois humaines ne s'appliquaient pas souvent aux surnats, quand bien même ils étaient plus nombreux que nous. Alors quand une créature surnaturelle vous avertissait plus ou moins poliment de ses intentions, il était recommandé de faire ce qui était demandé. Bien sûr, les Conseils des surnats avaient mis en place des règles pour les petits malins qui essayeraient de profiter de la faiblesse humaine. Le but était de vivre en harmonie avec les humains, et non de les asservir.

– Je crois qu'il ne réclamera pas de pourboire celui-là…

Le fils de Gildas avait peut-être pris le physique de son père, mais en ce qui concerne le caractère, il avait tout volé à sa mère. Le loup était une vraie tombe, quant à moi, je n'étais pas très douée pour meubler une conversation.

– Ce n'est pas une raison pour qu'il te manque de respect !

Je haussai les épaules.

– J'ai l'habitude.

Le jeune homme laissa tomber sa tête sur le côté, une expression interrogatrice sur le visage.

– Je suis plus grande que la moyenne, alors cela intrigue les mecs, un temps du moins… Après, on ne me trouve pas assez féminine !

Merde, mais pourquoi je lui raconte ce genre de conneries moi ?

– Je te trouve parfaite comme tu es ! Tu n'as pas besoin de changer pour un homme ! Reste naturelle, c'est largement suffisant !

Je suspendis mon geste, hébétée. C'était la première fois, qu'un homme me trouvait attirante, telle que je suis. Mon cœur battit à toute vitesse sous le coup de l'émotion, je ne pus retenir un sourire timide. Pour le cacher, je portai ma tasse à mes lèvres et bus une gorgée du liquide chaud. Je m'étonnai de la qualité du café, la mousse de lait saupoudrée de cacao était sublime.

Uriel eut un petit rire charmeur.

– Tu as une moustache !

– Oh ?

J'allais m'essuyer du revers de la main, mais le loup me devança et du bout de son pouce retira la mousse de mes lèvres. Ce geste était d'une douceur exquise dont aucun mâle n'avait fait preuve avec moi. Je restais immobile, ne sachant comment réagir à la proximité soudaine de l'homme. Uriel le remarqua immédiatement, ses joues rosirent et il ôta subitement sa main, en la cachant sous la table.

– Je ne voulais pas t'offenser, je suis navré !

Je secouai la tête négativement.

– Ne t'inquiète donc pas, je ne l'ai pas mal pris.

Le jeune homme me sourit, ses muscles se détendirent. Jusqu'à présent, je n'avais pas détecté la tension dans ses membres.

- Tu as l'air tendu, ça va ? demandai-je.

Le fils de Gildas parut surpris.

– Ça va ! C'est juste que je ne sais pas vraiment comment me comporter. Je n'ai pas été élevé de la même façon que toi… J'ai toujours peur de faire des faux pas…

Je haussai de nouveau les épaules.

– Et alors ? Tout le monde fait des erreurs !

Uriel ébouriffa ses cheveux ébène, qui soit dit en passant étaient plus soyeux que les miens.

La vie était mal faite quand même !

– Ce n'est pas vraiment ce que je voulais dire…

– Vraiment ? Mais…

J'allais le questionner, quand une femme à la coupe afro et à la peau chocolat nous interrompit, elle embaumait l'effroi.

– Je suis désolée, mais je dois vous demander de payer l'addition.

– Maintenant ? Nous n'avons pas fini nos consommations.

La serveuse pâlit, ce qui lui donna un air maladif.

– Nous vous avons offert la commission du serveur, se justifia-t-elle.

– C'est inutile, comptez-la. Je vais tout régler.

La jeune femme soupira de soulagement au moment où je lui tendis la carte bancaire de Jack.

– Cela vous arrive-t-il souvent ?

– Quoi donc ?

J'hésitai un instant... Nous étions en territoire changeling et je ne souhaitais pas m'attirer d'ennuis.

– Que les surnats ne payent pas leur commande.

Ma question parut la gêner puis l'effrayer, elle finit par prendre son courage à deux mains.

– Les surnats ne fréquentent pas beaucoup nos établissements... Cependant, ces derniers temps il y a un petit groupe de métamorphes qui traîne dans notre bar. Ils font fuir notre clientèle ! Si cela continue ainsi, je ne vais pas tenir très longtemps...

Ses derniers mots me peinaient, la jeune femme avait certainement mis tout son cœur à l'ouvrage.

– Nous ne sommes pas d'ici, mais si je le peux, je ferai passer le message !

Je n'avais pas une position hiérarchique assez élevée dans la meute pour être au courant des pratiques des autres clans. Il se pourrait bien que Léon, l'Alpha des changelings laisse libre cours à ce genre d'agissements. Je ne pouvais pas me permettre de leur manquer de respect en leur dictant la marche à suivre. J'essayerai de prendre la température chez cette chamane, sinon je ferai un rapport à Jack.

– Merci beaucoup, restez autant que vous le souhaitez ! Vous serez toujours les bienvenus ici !

Elle nous salua et repartit en direction des cuisines.

Nos cafés finis, nous rejoignîmes la demeure de la chamane.

- Es-tu sûre de l'adresse ? me demanda Uriel.

J'hésitais un moment, la maison paraissait très ordinaire en comparaison de celle d'Elma. Dans un style victorien, la résidence était plutôt coquette et très vaste, pour une personne soi-disant seule.

– On va voir !

Je sortis du véhicule et me dirigeai vers la bâtisse, Uriel frappa à la porte en bois blanc. Évidemment, Elma ne m'avait pas laissé de numéro pour joindre la fameuse chamane. Une femme d'une cinquantaine d'années se présenta sur le seuil. Ses cheveux arboraient une couleur prune étonnante, ses grands yeux étaient aussi noirs que l'obsidienne. Sa morphologie me faisait beaucoup penser à celle de Kachada.

– Oh ! Vous êtes en retard, les jeunes ! Je suis Meika, la chamane de la meute métamorphe ! Comment va cette vieille commère d'Elma ?

Elle se décala pour nous inviter à pénétrer dans sa demeure.

– Nous ne voulions pas vous déranger à l'heure du repas. Elma se porte comme un charme ! Elle vous présente ses salutations, elle est navrée de ne pouvoir se déplacer elle-même.

Meika effaça ma remarque d'un revers de la main.

– Cette vieille bique nous enterrera tous et viendra danser sur nos tombes !

– Vieille… bique ?

Je me tournai en direction du mâle.

– Pour ta survie… je te conseille... de ne jamais... au grand jamais, répéter ses paroles !

Meika explosa de rire.

– Je constate que mon amie a toujours un sacré coup

de bâton !

– Oui, j'en ai fait les frais ce matin même !

Ma réplique accentua son hilarité. La femme aux origines amérindiennes nous dirigea vers sa cuisine. Un homme aux yeux verts et de haute stature était installé à la table.

– Bonjour.

Uriel le salua d'un mouvement de la tête, je l'avais tout de suite senti se tendre en voyant l'autre mâle. Il se positionna légèrement devant moi en un geste protecteur, je levai les yeux au ciel.

– Je suis Elijah, le fils de Léon. Je n'irai pas par quatre chemins, je ne suis pas ici par courtoisie, alors n'agissez pas bêtement avec notre chamane !

Uriel se redressa fièrement, lui signifiant ainsi qu'il n'était pas le moins du monde impressionné et qu'il n'hésiterait pas à en découdre. Je posai une main rassurante sur l'épaule du loup, il se tourna légèrement pour me regarder, j'en profitai pour me rapprocher. Le changeling s'était lui aussi avancé et me barrait la route. Contrairement à Uriel, l'homme était plus grand que moi, peut-être dans les un mètre quatre-vingt-dix. Ses muscles bien proportionnés étiraient son t-shirt noir. Je continuai d'avancer jusqu'à ce que nos corps se frôlent. Je le foudroyai du regard, le fils de l'Alpha métamorphe en avait dans le pantalon, néanmoins, je n'en attendais pas moins. William m'aurait déjà égorgée pour lui avoir manqué ainsi de respect.

– Au lieu de te méfier de nous, occupe-toi de ceux qui martyrisent de pauvres citoyens qui essayent de garder la tête hors de l'eau !

– Je te demande pardon !

L'homme fronça les sourcils.

– On a pris un café dans un petit bar non loin d'ici, la patronne était terrorisée par les surnats !

Le félin croisa les bras sur son torse.

– Nous ne fréquentons pas les établissements humains !

– Va voir par toi-même alors… Je ne te mens pas !

– Nous ne sommes pas les seuls surnats dans la périphérie de Seattle, continua l'homme.

J'imitai la posture du changeling dont j'avais déjà oublié le prénom.

– La patronne nous a confondus avec des métamorphes, informa Uriel dans mon dos. À moins que vous acceptiez ce genre d'attitudes... Il ne vous coûte rien à vérifier nos dires !

– Êtes-vous en train de m'expliquer comment gérer la meute ?

Sa voix se fit menaçante, ses yeux virèrent au vert luxuriant des forêts tropicales. Tout à coup, Meika lui attrapa le bras.

– Allons, ce n'est pas ce qu'ils disent ! Ils te préviennent, c'est tout !

– En effet.

Cela m'arrachait la langue, de devoir calmer le jeu...

– Mais une petite bagarre en toute amitié ne m'aurait pas déplu, ajoutai-je pour la forme.

Son sourcil se redressa.

– Les lycanthropes ont vraiment des pratiques étranges !

Je haussai les épaules avec négligence. Sa voix s'était faite posée et étonnamment douce pour un homme de son gabarit. Il se rassit devant sa tasse de café.

– Donnez-moi l'adresse de ce bar, je vais y jeter un

œil ! Nous n'avons aucun intérêt à effrayer les humains puisqu'ils achètent nos produits.

Meika nous sourit et me tendit un grand sac en tissus.

– Voici tout ce qu'Elma m'a demandé !

– Je ne vous ai même pas remis la liste…

Elle tapota son front.

– Elle me l'a communiqué en songe, mais pour votre sécurité, je vais vérifier qu'il ne manque rien !

Je sortis la liste de ma poche et la lui offris. Elle la consulta une fraction de seconde et me la rendit.

– Tout est là, confirma la chamane.

– Merci, Elma m'a demandé de vous remettre ceci.

Les yeux de l'Amérindienne brillèrent en voyant les deux petites bourses. De toute évidence, Meika n'avait réclamé aucune contrepartie en échange de ses plantes. Elle les prit délicatement dans ses mains et les soupesa.

– J'adore quand Elma pense à moi ! Elle m'offre toujours d'étranges surprises dont je n'ai pas besoin jusqu'au jour où il me les faut ! Je vous remercie de votre visite. Souhaitez-vous quelque chose à boire ou à grignoter avant votre départ ?

Je secouai la tête négativement.

– Nous vous remercions de l'hospitalité dont vous faites preuve, mais nous avons une longue route !

Nous saluâmes la chamane et le métamorphe sans plus attendre et partîmes. Je profitais d'être encore à Seattle pour faire un tour dans une librairie. Je n'aimais pas ces endroits où personne ne parle. Les livres étaient pour moi d'un ennui mortel. Ce que j'aimais moi, c'était l'action. Je croisais donc les doigts pour que le livre d'Elma soit en rupture de stock ou trop vieux pour être réédité.

– Quel ouvrage cherches-tu ? demanda Uriel

– Le Petit Prince.

Il hésita.

– Vraiment ?

Sa voix était moqueuse, je ne sus dire pourquoi.

– Il est si nul que cela ?

– Pas du tout ! Je l'ai beaucoup aimé, ma mère me le lisait quand j'étais gamin !

Le regard du jeune homme se posa sur moi. Le bleu de ses yeux vacillait entre celui de son loup et la couleur plus claire du ciel. Je détournai le regard, soudainement gênée par l'intensité du sien.

Uriel et moi longions les allées remplies de livres en tout genre, quand une odeur attira mon attention, celle d'un lycanthrope. Aucun membre de la meute n'habitait Seattle et dans l'éventualité où cet individu était en visite ici, il était étonnant de le trouver en ville. Au détour d'une étagère, je tombai nez à nez avec une femme aux cheveux noirs comme l'encre, ses yeux bleu-saphir étaient extraordinaires et immenses. C'était une belle femme malgré sa petite taille. Elle croisa mon regard et à ma grande surprise ne le détourna pas, puis son attention fut attirée par la vendeuse qui lui réclamait le règlement de ses achats.

J'avais beau chercher qui pouvait être cette jeune femme, je ne la remettais pas. J'en informerai Will ou bien son père à mon retour au village. Peu importe que le territoire de la meute ne s'étende pas dans Seattle, la louve n'avait rien à faire ici sans l'accord de mon Alpha. Quoi qu'il en soit, elle ne paraissait pas le moins du monde perturbée par notre rencontre fortuite.

- Qui est-ce ? me demanda Uriel.

– Je ne sais pas, mais elle n'a rien à faire en ville !

– Tu veux qu'on l'interroge.

Je secouai la tête négativement.

– Jack a peut-être donné son approbation sans m'en informer. Je n'ai pas un poste assez élevé dans la hiérarchie de la meute pour qu'il me rende des comptes.

Nous arrivions chez nous, juste avant le coucher du soleil. Les plantes d'Elma dans les poches, ainsi que le livre qu'elle m'avait recommandé avec sagesse.

Je repris forme humaine non loin du village, à l'abri des regards. Je détachai le sac conçu par Elma pour transporter toute sorte d'objets sous notre apparence de loup.

La main d'Uriel se posa sur mes reins et décrocha l'une des boucles que je ne pouvais pas atteindre.

– Ne bouge pas, chuchota-t-il à mon oreille.

Des frissons parcoururent mon échine, remontèrent jusqu'à la racine de mes cheveux.

Les lanières de cuir tombèrent, sa main continua son chemin sur mon bassin. Ma peau me picota là où ses doigts me frôlaient.

Uriel se positionna de façon à me soustraire à d'éventuels regards indiscrets. Il se saisit du sac et le déposa délicatement sur le sol. Il rapprocha son corps plus près du mien, sans pour autant me toucher. Je sentis la chaleur qui émanait de lui, de son désir. Il approcha ses lèvres des miennes avec une lenteur infiniment sexy.

Une branche craqua derrière le mâle qui se retourna promptement, son loup était proche de la surface.

Un rictus haineux se dessina sur son visage, puis il montra les crocs en grondant. Je suivis son regard, Raphaël me toisait des pieds à la tête. Le vert de ses yeux luisait alors que ses griffes poussaient déjà. Il n'accordait pas une once d'attention à l'autre mâle. Ses iris reflétaient une colère froide, un peu comme si je l'avais trahi.

C'était idiot ! Je ne devais rien à Raphaël, pourtant la petite voix dans ma tête me faisait culpabiliser. Elle me susurrait que c'était avec lui que j'aurais dû aller à Seattle et elle avait raison.

- Un problème ? demanda Uriel.

Le regard du loup gris se reporta un instant sur lui, puis revint sur moi. Il ferma les paupières, inspira, quand il ouvrit de nouveau les yeux, son loup avait disparu. Il se détourna et rejoignit le village.

Je ne pus m'empêcher de le suivre, attrapant le sac de poitrails au passage.

– Raphaël !

Je laissai Uriel derrière moi, l'air hébété.

– Raphaël !

Il s'arrêta, la tête légèrement tournée dans ma direction.

– C'était quoi ça ?

Le mâle gronda.

– Ça quoi ? demanda-t-il dans un râle.

– Ne fais pas l'innocent ! Ce regard !

William nous saluait au loin et avançait vers nous. Raphaël profita de ce moment pour s'enfuir lâchement sans donner suite à ma question. Uriel posa sa main sur mon épaule et m'empêcha de poursuivre mon interlocuteur.

– Laisse-le, tu n'obtiendras pas de réponses maintenant.

Je me pinçai l'arête du nez, ce qui venait de se passer était incompréhensible… N'avais-je donc pas le droit d'agir comme bon me semblait ?

– Tu as raison !

William salua d'un geste de la main son meilleur

ami, celui-ci se détourna et partit sans un mot.

– Il y a un problème avec Raphaël.

– Non aucun…

Il fut surpris par ma réplique cassante, mais n'insista pas.

– Au fait, j'ai croisé une louve qui n'appartient pas à la meute.

Je lui décrivis en détail la mystérieuse femelle, contrairement à tout à l'heure, le fils de Jack ne parut pas étonné par mon récit.

– Alors, c'est là-bas qu'elle se terre depuis ces sept longues années…

- Pardon ? demandai-je. Tu la connais !

Le loup me sourit.

– Non, pas vraiment, c'est juste… un souvenir.

Prima Note

L̶e hululement de cette foutue chouette m'empêchait de dormir. Je rêvais de lui tordre le cou, de la plumer et de la faire mijoter à petit feu. J'avais aussi d'autres préoccupations en tête… Je ne supportais pas l'idée que le Nouveau tourne autour de Nymrasis. De plus, elle ne faisait rien pour calmer ses ardeurs, bien au contraire. Cela ne collait pas à sa personnalité. Son comportement était étrange pour une femme qui luttait sans cesse pour son indépendance. J'émis un grognement, je finis par me lever du lit.

J'enfilai un boxer puis un pantalon large en lin et sortis de l'appartement. J'avais besoin de prendre l'air, et de me défouler. Je pensais tout d'abord appeler Will pour un petit entraînement au combat. Finalement, je me ravisais. D'une part, parce qu'on était au beau milieu de la nuit, de deux, parce qu'il me poserait des milliers de questions pour me tirer les vers du nez, et de trois parce que je n'avais tout simplement pas moi-même les réponses. Depuis que j'avais rêvé d'elle, je n'arrivais plus à trouver le sommeil. Pourquoi ne contrôlais-je pas mes émotions, quand il était question de la louve ? Pourquoi mon loup ne supportait-il pas de la voir en compagnie d'un autre homme, et tout particulièrement avec Uriel ? Il y a quelques semaines, je ne me souciais même pas d'elle... Je l'aurais bien baisée, son côté indomptable m'attirait, mais n'était-ce pas l'envie de triompher, là où les autres mâles de la meute s'étaient cassés les crocs ?

Je secouai vivement la tête, passai la main dans mes cheveux pour les rabattre en arrière. Ils étaient beaucoup trop longs. Je demanderai à Will ou bien à Mollo de me les couper, d'ailleurs Kaya sera heureuse de me voir. J'avais quitté la maison Bennett quelques années avant la naissance de la petite, mais elle était pour moi comme une sœur, au même titre que Will. Je devais tout à la famille de mon Alpha et j'espérais un jour avoir l'honneur d'être le second de mon frère de cœur. Pour le moment, la question ne se posait pas, Gilbert Black était le Bêta de la meute depuis plus d'un siècle et Jack était l'Alpha depuis cinquante ans seulement.

J'allais atteindre le terrain d'entraînement, quand l'écho de coups dans les mannequins de bois me sortit de mes pensées. Il était rare de croiser un combattant solitaire à cette heure tardive. Ma curiosité fut immédiatement attisée. Peut-être aurai-je un adversaire avec lequel m'amuser un peu ?

Je faillis faire demi-tour en apercevant Nym en train de s'entraîner, quand l'une des pales heurta la tête de la jeune femme. Elle siffla de douleur, je ne pus m'empêcher de la rejoindre juste pour vérifier qu'elle n'était pas blessée.

– Ça va ?

J'attrapai son poignet et soulevai sa main. Elle sursauta de stupeur et tomba en arrière. Je la récupérai avant qu'elle n'atteignît le sol. Son souffle chaud effleura mon oreille, son pouls battait à une vitesse folle. Le temps était comme suspendu, puis elle me repoussa aussi fort qu'elle le put. Je me renfrognai et la laissai finalement s'échouer sur l'herbe.

- Je n'ai pas besoin de ton aide ! glapit-elle.

Je la toisais.

– Alors, demande celle d'Uriel !

Je me détournai quand un grognement m'avertit que les hostilités étaient déclarées… J'esquivai un coup de poing in extrémis. Comme parade, j'attrapai son poignet et lui fit une clé de bras. La jeune femme exécuta une habile pirouette pour s'extraire de ma poigne.

– Je n'ai besoin ni de toi ni de lui !

– Vraiment ?

– Vraiment !

Nym était déjà essoufflée, le combat n'était pas très égal. Je n'avais même pas commencé l'échauffement.

– Ce n'est pas ce que j'ai cru remarquer tout à

l'heure.

La colère bouillonnait en elle.

Parfait. J'avais envie qu'elle ressente quelque chose en ma présence, peu m'importait l'émotion... Je ne voulais plus être transparent à ses yeux !

– Et tu penses avoir vu quoi ? vociféra Nym.

Elle attaqua d'un crochet du droit qui ne porta pas, puis elle enchaina avec un uppercut gauche et un coup de pied retourné. Aucun de ses coups ne m'atteignit.

– J'ai vu une femme aussi douce et soumise qu'une rose !

Elle continua les enchainements.

– Les roses piquent !

- Alors, il a arraché tes épines ! tranchai-je.

Un nouveau coup. Au lieu de le parer, je me saisis de son poignet et le tordis de façon à ce qu'elle perde l'équilibre. J'en profitai pour lui assener un coup de pied qui l'expédia contre un des mannequins. Je plaquai mon corps contre le sien, sa poitrine généreuse pressée contre mon torse. Je sentis ses tétons à travers le tissu de son t-shirt. Je n'avais pas pris la peine de me vêtir d'autre chose que de mon pantalon. Elle essaya de me frapper au visage, mais je stoppai son geste en maintenant ses deux mains au-dessus de sa tête.

Ses yeux avaient pris une couleur argent sous les rayons de la lune. Ils ne brillaient pas de rage comme je l'avais d'abord imaginé. Non, elle me scrutait avec une telle intensité que cela me fit frissonner. Mon sexe durcit immédiatement, répondant à l'appel silencieux de la jeune femme. Je baissai la tête vers son cou, mes lèvres effleurèrent la courbe de son oreille, puis de sa mâchoire. Son souffle se fit haletant, et exacerba mes sens déjà à fleur de peau. J'appuyai mon érection contre son bassin, alors que ma langue explorait la douceur de sa peau.

Si j'assouvissais mes pulsions maintenant, peut-être sortirait-elle de mon esprit ?

C'était sans compter sur le coup de genou qu'elle m'assena dans les parties génitales.

– Tu veux du sexe ? OK, mais attrape-moi avant !

Nymrasis me planta là, en train de dire adieu à ma virilité.

Toutefois, son défi me plaisait. J'avais hâte de tester l'endurance de la louve. Elle ne s'était pas transformée néanmoins, je l'aperçus déjà atteindre l'orée des arbres.

– Garce !

Un sourire naquit sur mes lèvres, mon loup trépignait d'impatience. Je me relevais difficilement, inspirais puis expirais à plusieurs reprises avant que la douleur ne s'estompe. La traque était ouverte.

Nym était agile et vive, j'avais presque du mal à la suivre. En tout cas, pour quelqu'un qui s'était entraîné juste avant, elle avait une sacrée forme physique.

- Tu ne m'échapperas pas ! lui criai-je pour l'avertir de ma présence.

Je l'entendis rire, ce qui fit grandir mon sourire autant que mon sexe. J'évitai la branche basse d'un arbre et déviai de ma trajectoire. Je connaissais un raccourci qui me mènerait là où la louve se dirigeait. Un tronc barrait le sentier, je l'enjambai sans effort. À présent, je surplombais la louve et je me laissai tomber sur elle, l'emportant dans ma chute. Nous roulâmes en contrebas sur un lit de mousse verte. Le lieu était étrangement calme, les arbres formaient un cercle autour de nous, des petites fleurs sauvages poussaient, çà et là.

– Je te l'avais dit !

Je me redressai sur un coude afin de ne pas l'écraser. D'un mouvement de jambe, je me frayai un chemin entre les siennes. L'odeur de son intimité humide gorgeait mon membre de désir, à tel point que j'en avais mal.

Le débardeur de la jeune femme m'empêchait d'admirer la vue, d'un bout de griffe, je déchirai le tissu.

– Tu m'en payeras un autre !

– Certainement pas !

Chapitre 6

— Certainement pas !

Je grondai tout en essayant de m'extirper de l'étau de ses bras, en vain. Ses lèvres étaient si douces, elles descendaient dangereusement vers la naissance de mes seins, me poussant peu à peu vers la jouissance. Son souffle tiède sur mon épiderme me fit tressaillir, je haïssais mon corps pour cette soudaine trahison.

D'ailleurs, je ne savais pas vraiment comment nous en étions arrivés là. Une chose était sûre, maintenant que Raphaël suçait l'un de mes tétons gonflés par le plaisir, je n'avais plus vraiment envie de me rebeller. Mon cerveau était comme engourdi par ses caresses exquises. Il ne connaissait pas mon corps ni ce que j'aimais au lit et pourtant il me rendait folle.

– Et pourquoi cela ?

Je dégageai l'une de mes mains et tirai doucement, mais fermement sur la tignasse du loup. Raphaël releva la tête, donna au passage un petit coup de langue sur ma peau en feu. Ses yeux se posèrent sur moi, ses pupilles étaient dilatées par l'excitation. Il inspira profondément, sourit, satisfait de ce qu'il sentait.

– Parce que tu es bien plus belle entièrement nue !

Sa voix était rauque et suave, chaude comme du chocolat. Je me cambrai lorsqu'il pressa son membre contre mon intimité, ses canines éraflèrent ma poitrine quand il l'embrassa.

Un léger gémissement lui échappa alors que mes mains glissèrent dans sa chevelure en bataille. La pression de son sexe comprimé dans son pantalon commençait à le faire souffrir, ses mouvements devenaient de plus et en plus saccadés. Il déboutonna mon jean, ou plutôt il arracha la boutonnière d'un geste vif, puis se débrouilla pour passer sa main sous mes sous-vêtements. J'émis un hoquet de surprise quand ses doigts chatouillèrent le bouton de mon intimité. Il m'embrassa langoureusement tout en continuant à me caresser. J'étais prête à l'accueillir, me trouvant juste au bord du gouffre de la jouissance. Je voulais qu'il plonge en moi.

Je parcourus son corps à la recherche de son membre turgescent, mais mon bras était toujours coincé sous le loup.

Raphaël se souleva sur un coude pour me laisser le champ libre. Il ne fut pas difficile de descendre le pan de son pantalon en lin, je déchirai son boxer à moitié, seulement par vengeance.

De l'index, je titillais le bout de son gland, il bascula la tête en arrière et émit un râle de plaisir. Quand son regard accrocha le mien, je sus qu'il ne me laisserait pas tranquille une seconde de plus. Deux de ses doigts me pénétrèrent alors que son pouce caressait toujours mon clitoris. Je le mordis à l'épaule, il gronda. Il ne me repoussa pas cependant. J'accentuai mes va-et-vient sur son érection.

– Arrête !

Il attrapa soudainement ma main et l'immobilisa… Une goutte de sueur perla le long de mon dos alors qu'un étrange sentiment d'abandon m'envahissait.

A-t-il changé d'avis finalement ?

Une couleur rosée teinta ses joues.

– Je ne vais pas tenir longtemps comme cela, pas la première fois.

Il détourna le regard, comme si cette révélation pouvait être honteuse. Tout ce que je retins moi, c'était que mon partenaire comptait remettre le couvert assez rapidement. Des papillons naquirent dans mon bas ventre à cette déclaration.

Je me cambrai pour dégager mon bassin.

– Aide-moi à enlever mon jean !

Raphaël s'exécuta sur-le-champ, son pantalon rejoignit le mien en un éclair. Je tentai de le chevaucher, mais son corps recouvrit à nouveau le mien.

– Non atten…

Mais il était trop tard, il me pénétra avec force. Un gémissement de plaisir m'échappa, son sexe étirait avec avidité les parois de mon intimité.

– Raphaël !

Il gronda, ne m'écoutant plus. Il mettait délibérément tout son poids sur moi pour que je ne puisse plus bouger. Une bouffée d'angoisse m'envahit alors, éclipsant toute sensation de désir. Ses canines se rapprochaient dangereusement de ma jugulaire.

– Non !

Je poussai le jeune homme en arrière. Il se laissa faire, ses yeux toujours avides de sexe. Il maintenait ma jambe en l'air afin d'y déposer une nuée de petits baisers.

– Tu as encore tenté de me soumettre !

Son regard, celui de son loup, se fit aussi dur que de la glace. Il ne dit rien et grogna en découvrant ses crocs.

– As-tu essayé de me mordre ?

Je posai la main sur ma gorge. Un autre râle me répondit, les sourcils de Raphaël étaient froncés, ses yeux fixaient l'arbre sur sa droite.

– Il semblerait !

Le ton de sa voix était froid et tranchant.

– Pourquoi as-tu encore tenté de me soumettre ?

– Mon loup…

Il se redressa, attrapa son pantalon et les lambeaux de tissus de son boxer et partit en me plantant là, sans aucune explication.

Des larmes me montèrent aux yeux, je les ravalai immédiatement, ne souhaitant pas qu'il remarque mon désarroi.

Interrogations

*Q*u'est-ce qui ne va pas chez moi à la fin ?

Je n'avais pas réussi à contrôler mon loup, que ce fut au moment où il avait souhaité prendre Nymrasis, puis quand il l'avait soumise. Pourquoi avait-il essayé d'en faire sa compagne ? À présent, je n'aurais plus jamais la confiance de la jeune femme ce qui, dans un certain sens, était plus que logique.

– Putain !

Étrangement, cette idée me peinait. J'avais vraiment apprécié nos jeux. Ma faim ne s'était pas apaisée, bien au contraire... Je désirais faire demi-tour et reprendre où nous nous en étions arrêtés.

Seulement, je n'avais plus foi en moi, et je ne voulais pas blesser davantage Nym. Mon loup lacérait les parois de mon esprit, mécontent. Il me sommait de faire machine arrière.

– Tu te serais tenu tranquille, nous n'en serions pas là !

Je le repoussai. Il montra les crocs, mais se fit silencieux.

Je rentrais finalement chez moi. Je ne trouvais pas plus le sommeil que quelques heures auparavant.

Je suis une putain d'ordure !

Chapitre 7

Une semaine s'était écoulée sans que je croise

Raphaël. J'étais furieuse contre lui pour ce qu'il m'avait infligé. Il était grand temps pour lui de s'expliquer.

Maintenant ! Pas demain ni après-demain, je veux des excuses tout de suite !

Je n'avais néanmoins pas demandé à William où se terrait son meilleur ami. Je ne désirais pas passer sous le feu de ses questions avant d'avoir une quelconque réponse. Quoi qu'il en soit, le loup était devenu expert dans l'art de se dissimuler. Il arrivait même à sécher les entraînements aux combats.

Après ce que j'avais renommé « la pire humiliation de ma vie », j'étais retournée chez moi me laver. J'avais astiqué plusieurs fois mon corps, parfumé le bain avec des plantes odorantes qui couvraient l'odeur de Raphaël. J'avais beaucoup pleuré, car j'ai beau me montrer fière devant les gens, une fois seule, c'est une tout autre histoire. L'eau chaude emporta mes larmes comme si elles n'avaient jamais coulé. Je m'étais aussi badigeonnée de crème hydratante que ma mère fabriquait elle-même. Les effluves de roses ne collaient pas à ma personne, mais elles avaient le mérite de me faire oublier ce qu'il s'était produit. Je m'étais écroulée de suite, mes derniers sanglots avaient épuisé le peu d'énergie qu'il me restait alors. Je dormis comme un bébé cette nuit-là, ce fut très différent pour les suivantes.

Uriel m'avait plusieurs fois rendu visite au cours de la semaine. Il semblait toujours s'intéresser à moi toutefois, après le fiasco que je venais d'essuyer, je n'avais pas très envie de remettre le couvert pour le moment. Je refusais donc poliment ses invitations.

Aujourd'hui, le cours dispensé par Gilbert, le Bêta de la meute, avait été annulé. Lui et sa femme rendaient visite à leur fille unique. Je ne me souvenais pas l'avoir rencontrée un jour. Tout ce qui me trottait en tête à son propos était la couleur de son pelage, aussi noir que l'eau d'un lac une nuit d'hiver. Quoi qu'il en soit, la fille des Blacks avait un sacré cran. Elle s'était coupée de la meute et avait survécu, on ne sait trop comment, à l'Exécuteur.

Quelques courageux s'entraînaient donc seuls ou en petit groupe. Pour ma part, je ne me donnais pas la peine de me déplacer. Je tournais en rond dans ma cabane minuscule qui d'ordinaire me semblait beaucoup moins oppressante. Je m'allongeais sur le lit, me redressais, faisais le tour de l'appartement et répétais inlassablement le même rituel. Mon regard fut alors accroché par le livre que j'avais acheté l'autre jour à Seattle.

J'hésitais entre l'envie de le lire, pour faire plaisir à Elma, ou celle de m'échouer à nouveau sur le lit. Je fis un compromis des deux, puisque je m'échouai sur le lit, le livre en main.

Uriel m'avait parlé d'un livre pour enfant.

Si un conte pour bambins vous fait pleurer, en est-il vraiment un ? Je vous passe les détails, vous n'avez qu'à le lire après tout !

Le chapitre narrant la rencontre entre le petit prince et le renard me piqua au vif. L'animal parlait d'être apprivoisé pour devenir l'ami du petit garçon. Il devait être bien soumis pour accepter d'être « apprivoisé » ! Sous le coup de la colère, je refermais le livre un moment.

Pourquoi le renard s'était-il fait piéger ainsi ?

Je finis par me replonger dans le manuscrit. Je n'avais pas fait tous ces efforts pour m'arrêter en si bon chemin. Je voulais connaître la suite de cette fantastique histoire. Sinon, l'ensemble de l'œuvre me plut, bien que je n'aime pas la lecture en elle-même.

La nuit tombait à présent, je n'avais pas vu les heures défiler. Je haussai les épaules d'un mouvement las. Au moins, je n'avais pas passé ma journée à ressasser.

Je rejoignis la minuscule kitchenette faite sur mesure par Gilbert et dessinée par les bons soins de sa compagne. Il me restait des tomates un peu trop mûres dans le réfrigérateur. Je fis donc un coulis et préparai quelques boulettes de viande.

On frappa à la porte au moment où je m'installai à table. Je ne pouvais pas faire semblant d'être absente, j'avais allumé toutes les lumières.

Tant pis pour moi !

Uriel attendait sagement sur le seuil, les bras chargés de paquets. Il se courba légèrement à la manière des Japonais, tout en se ravisant à mi-chemin.

– Salut ! Je ne t'ai pas aperçue de la journée, alors je me suis inquiété… Tiens, c'est pour toi !

Il me tendit une bouteille rectangulaire au liquide transparent, elle ne portait aucune étiquette me permettant d'identifier son contenu. Ensuite, il me donna une petite boîte noire et un autre coffret, encore plus minuscule que le précédent vint s'ajouter aux cadeaux.

– Euh, merci. Mais… je vais bien, tu vois !

Je tentais un sourire prudent, il fit de même. Uriel se gratta nerveusement la tête, son odeur avait quelque peu changé. Je sentais un effluve de stress sur lui. Je me demandais bien pourquoi.

– Je me disais que… enfin si tu le souhaites, on peut manger ensemble ce soir.

Je fermais les yeux quelques secondes. Je n'avais vraiment pas envie de recevoir quelqu'un chez moi. Mon lit était défait, mes vêtements traînaient sur le sol et la vaisselle débordait de l'évier. J'allais trouver une excuse pour la centième fois en une semaine, mais un mouvement sur ma gauche attira mon attention.

C'était Raphaël... Pourquoi était-il dans les parages ? Quand nos regards se croisèrent, il recula prestement. Quelque chose dans mon esprit vira à cent quatre-vingts degrés.

– Viens, on sera mieux à l'intérieur !

Uriel entra, un sourire satisfait s'afficha sur son visage. Mon ancien équipier se mordit les lèvres, son regard devint aussi froid que la glace. Il fit volteface et s'en alla.

Je me félicitais d'avoir réagi ainsi. Je n'étais pas la pauvre jeune fille éperdue d'amour qu'on manipulait comme on le souhaitait. J'avais mon propre destin en main. Mon corps et mon cœur m'appartenaient qu'à moi seule. Au diable le Lien d'Union, les âmes jumelles et tous ces trucs débiles… Je n'en voulais pas.

Uriel ouvrit la bouteille, une forte odeur d'alcool s'en dégagea.

– Saké ? C'est ma mère qui l'a distillé, pour les clients non humains. Il nous en restait quelques litres alors, on les a discrètement importés en même temps que nos affaires personnelles.

Je me souvins que la famille de Gildas n'avait emporté que le strict minimum à leur arrivée aux États-Unis. Les deux frères et leur père étaient allés récupérer le reste la semaine suivante.

Je haussai les épaules.

– Pourquoi pas ? Installe-toi au bar.

Le loup se posa sur l'un des tabourets qui entouraient le plan de travail. Je déposais devant lui deux verres qu'il remplit du liquide translucide. Son regard se promena sur la pièce. Je me précipitai sur les affaires parsemées au pied de mon lit, rabattis les couvertures sur les oreillers et jetai les vêtements dans la corbeille de la salle de bains.

– Ne fais pas attention ! Je ne m'attendais pas à recevoir de la visite !

Uriel émit un petit rire courtois.

– Je suis venu à l'improviste. Mon frère n'est pas plus ordonné que toi alors, j'ai l'habitude !

Je me rassis à ma place et bus une gorgée pour me donner un semblant de courage. D'ordinaire, je ne buvais pas beaucoup, n'aimant pas le goût de l'alcool. De plus, les spiritueux humains ne me procuraient aucun plaisir, ce qui me dissuadait, la plupart du temps, d'en consommer. Pour finir, c'était très onéreux.

Je ne sais pas ce qui me prit. Peut-être m'étais-je enflammée après avoir cloué le bec à ce foutu Raphaël, ou peut-être avais-je envie d'oublier ces sensations oppressantes qui me hantaient depuis des nuits ? Je n'étais pas très sûre de la raison qui me poussait à boire comme s'il s'agissait de la dernière cuite de ma vie. Quoi qu'il en soit, j'abusai de ce nectar tout le long du repas.

Uriel m'apprit que la petite boîte noire était un bento. Elle contenait principalement du riz, et une sorte d'omelette. J'offris pour ma part la moitié de mes boulettes de viande au coulis de tomates.

– C'est très bon !

Je lui souris gentiment.

– Menteur !

Je cuisinais très mal, mais le loup s'obstinait à soutenir le contraire. Je continuais à boire durant le repas. Le goût de la viande trop cuite était bien meilleur quand ma bouche était engourdie par le Saké.

Étonnement, je passais une agréable soirée. Uriel me désigna le livre corné qui traînait sur mon lit.

– Tu as fini par le lire !

– Oui, c'était une épreuve, mais je l'ai terminé !

Uriel se pencha comme pour me révéler un secret, nous mangions en face l'un de l'autre. Je me rapprochais instinctivement, ou plutôt je me calais contre le bar pour garder mon équilibre. L'alcool commençait à embrumer sérieusement mon esprit.

– C'est un livre très profond, je l'ai adoré ! Qu'en penses-tu toi ?

À présent, je maintenais ma tête avec ma main, mon coude posé sur le bar.

– Je suis bien trop fatiguée pour y réfléchir. Je l'ai juste trouvé très triste !

Uriel étrécit les yeux, me sourit avec une bienveillance qui me fit grogner.

Il ferait un bon compagnon.

Cette idée avait surgi dans mon esprit engourdi et elle n'était pas saugrenue. Le mâle était un homme fort et viril, de ceux qui ne vexaient pas leur femelle quand elles cuisinaient mal. Qui trouvait leur compagne toujours belle, même quand elle n'était pas sous son meilleur jour. Qui la protégeait, sans l'humilier par leur force physique. Uriel n'était et ne sera jamais mon âme jumelle, mais parfois le Lien d'Union ne faisait pas tout. Certains d'entre nous ne trouvaient jamais leurs âmes jumelles, et prenaient un compagnon assorti à leur vie. Leur amour n'était pas aussi puissant toutefois, il était réel. Mes parents n'étaient pas âmes jumelles. Pourtant cela faisait trois cent cinq ans qu'ils vivaient une idylle pleine de pétales de roses et de bonbons à la guimauve.

– Je vais y aller.

– Déjà ?

En réalité, j'avais très envie de rejoindre ma couche pour dormir un moment, néanmoins je n'avais pas souhaité mettre le fils de Gildas dehors.

– Oui, il est temps, conclut-il simplement.

Je l'accompagnais jusqu'à la porte d'entrée en titubant légèrement. Heureusement, Uriel ne remarqua rien. Quand il se retourna pour me saluer, je venais de me caler contre l'encadrement en bois.

– Bonne nuit, Nymra...

– Nym suffit, je n'aime pas mon prénom complet !

Ses yeux bleus comme un ciel d'été me regardèrent avec étonnement.

– Pourtant il est très beau, il fait de toi ce que tu es !

– Ou ce que ma mère voulait que je sois ! Comme je ne suis malheureusement que la moitié de la femme qu'elle souhaitait, Nym me convient mieux !

Uriel réfléchit un moment avant de reprendre la parole.

– Je sens de la tristesse derrière ces mots.

– Non. Nous ne nous entendons pas très bien toutes les deux de toute façon !

Un nouveau silence, le loup se pencha au-dessus de moi, son visage à quelques centimètres du mien.

– Nous n'avons qu'une seule mère, Nym. Ce n'est pas une fois qu'on l'a perdue qu'il faut la chérir.

Je lui souris, il était touchant de voir qu'il se souciait de ce genre de choses, alors que moi-même ne m'y intéressais pas.

– Ne te fais pas de bile. Bonne nuit Uriel.

Le mâle se pencha encore. J'allais reculer ou plutôt tomber à la renverse, quand le jeune homme passa sa main dans mon dos et me maintint fermement. Ses lèvres effleurèrent les miennes puis son baiser s'intensifia.

– Bonne nuit, Nym.

Il m'embrassa une nouvelle fois, se détourna, et partit un peu précipitamment. Une brise m'apporta l'odeur de son excitation. Je le remerciais intérieurement de ne pas avoir réclamé plus qu'un baiser.

Je n'étais pas en état de faire quoi que ce soit de sexuel pour le moment. Je refermai la porte derrière moi, et me vautrai sur mon lit sans même me dévêtir. Mes doigts parcoururent mes lèvres, à la recherche d'une trace de ce doux larcin.

ɔOϾ

Une nouvelle semaine s'était écoulée depuis notre soirée avec Uriel. Le mâle affichait clairement ses intentions de me courtiser tout en restant courtois avec moi. Je ne répondais pas vraiment à ses avances polies, car je ne savais pas moi-même ce que je désirais. Raphaël était toujours plus distant avec moi, nous ne nous parlions plus, au grand désespoir d'Elma.

– Vous faites du si bon travail tous les deux ! Vous devez crever l'abcès avant qu'il ne soit trop infecté !

Jack avait ajouté que nous serions amenés à œuvrer ensemble de nouveau et que la situation ne pouvait perdurer davantage. Pourtant, Raphaël ne fit pas plus d'effort que moi pour améliorer la conjoncture.

J'affrontais Uriel à une séance d'entraînement, quand William usurpa sa place. Le fils de l'Alpha était incontestablement plus puissant et expérimenté, et bien plus fort que moi.

– On va tous en boîte de nuit ce soir. Veux-tu te joindre à nous ?

– Qui as-tu invité ?

– Les deux frères, Raphaël, Nakini qui a refusé d'emblée et pour finir, Kachada et Yuna.

– Je ne viens pas !

– OK, parions... Tu ne nous accompagnes pas si tu tiens plus de cinq minutes contre moi !

Will n'était pas arrogant, il connaissait ses capacités au combat. Cela ne m'empêchait pas d'être vexée par ses propos.

– Si je ne te mets pas au tapis avant !

Son rire était aussi cristallin que la voix d'un chanteur. Cela ne m'étonnait guère que les femelles de la meute soient folles de lui.

La lutte commença. Je pris mon temps pour analyser ses mouvements. Will n'était pas n'importe quel adversaire.

Il me sourit avec malice quand je l'attaquai. Je grondai, mécontente de ne voir aucun de mes coups porter. Le loup tenta de me déstabiliser d'une balayette. J'exécutai une roulade avant pour l'éviter. Il était frustrant de n'assener aucun coup au fils de l'Alpha, alors que je venais d'essuyer deux coups de poing, l'un dans les côtes, l'autre dans le ventre.

– Une minute ! nous informa Uriel.

Nous échangeâmes encore quelques coups, j'étais si proche du but ! J'allais gagner, même si aucune de mes attaques n'avait abouti. L'espoir fait vivre !

– Plus que trente secondes.

Le sourire du futur Alpha s'élargit.

– C'est parti !

Vif comme l'éclair, il se retrouva dans mon dos sans que je puisse ne rien faire. Il m'attrapa par l'épaule et me bascula en arrière. Je tombai sur le cul au sol. Ma tête ne heurta pas la terre, Will y avait veillé.

– J'ai gagné ! Essaye de trouver une robe de soirée sinon tu ne pourras pas entrer dans la boîte et tu seras obligée d'attendre dans la voiture.

Et voilà comment je me retrouvai devant la porte d'une discothèque, aux allures de palace luxueux. Le nom de cette dernière clignotait comme les enseignes des casinos de Las Vegas. « Sanguine » était une boîte de nuit tenue par des vampires très âgés. L'entrée était gratuite pour les créatures surnaturelles, ce qui était monnaie courante pour les établissements du monde de la nuit. Les humains, quant à eux, payaient des sommes astronomiques pour le fameux sésame.

Le vigile, une sangsue à la peau translucide, s'effaça devant nous après s'être informé sur nos identités. Deux femmes aux courbes aguicheuses se présentèrent, puis reculèrent quand elles s'aperçurent que nous ne portions pas de vestes ni de sacs à main. L'une d'entre elles nous montra une porte dans le style renaissance, digne des châteaux des plus grands rois ; d'ailleurs, la reconstitution était tout bonnement impressionnante. Ici, la lumière était tamisée, un homme en costume jouait de magnifiques mélodies au piano. L'insonorisation de cette pièce avait dû coûter les yeux de la tête.

- Tu as mis le paquet ! déclarai-je à l'attention de Will.

Il se frotta la tête, un peu gêné.

– J'ai pris la première boîte qui venait sur internet.

Raphaël, qui n'avait pas ouvert la bouche depuis notre départ du village, s'avança en direction de la porte à doubles battants.

– Bon, allons voir ce que nous réserve l'autre salle !

Un homme apparut comme par magie, devant nous, et ouvrit la porte d'un mouvement cérémonieux.

– Mesdames, messieurs…

Je ne m'attardai pas davantage sur lui, la pièce étant tout simplement éblouissante. Dans le même thème que la précédente, on aurait pu se croire dans une ancienne salle de théâtre, sauf que la scène était inexistante. Le DJ mixait ses morceaux sur un balcon au milieu de la salle. Les autres loges étaient réservées aux hôtes prestigieux ou à ceux et celles qui souhaitaient avoir un peu d'intimité. Un peu, car les lourds rideaux de velours rouge-rubis étaient pour la plupart ouverts et ne cachaient rien des hommes et des femmes en plein coït. Certains vampires se nourrissaient en même temps. On m'avait déjà parlé de ce genre de pratique chez les membres de leur espèce et un peu de voyeurisme ne faisait de mal à personne cependant, je sentis le sang me monter aux joues.

Will avait réservé une table encastrée dans une petite alcôve aux allures intimes. Elle aussi possédait des rideaux. Les sièges de cuir blanc empestaient le désinfectant. Nous étions un peu à l'écart des gigantesques enceintes qui crachaient une musique assourdissante. Yuna et moi étions installées au fond de façon à ne pas être importunées. De nombreuses femmes, humaines ou non, accostaient les mâles du groupe et tout particulièrement William et Raphaël qui se trouvaient à chaque extrémité. L'une d'elles, une humaine, se montra très inventive. La jeune femme blonde aux boucles anglaises dégrafa le premier bouton de son bustier, laissant apercevoir sa poitrine. Elle se pencha sur Raphaël qui détourna aussitôt le regard. La nudité était monnaie courante dans la meute cependant, aucune femelle ne se comportait de la sorte. Finalement, il n'y avait rien d'attrayant à prendre ce qui était si généreusement accordé.

Je ne pus retenir un grognement quand la femme s'installa sur les genoux de Raphaël, tout en me poussant du coude. La blondasse attrapa la bouteille qu'on nous avait offerte en attendant nos commandes, et se servit dans le verre du loup. Elle le porta à ses lèvres, je stoppai son geste en la saisissant par le poignet. Je me penchai pour qu'elle puisse m'entendre.

— Je te jure que si ta bouche à pipes effleure ce verre, tu ne reverras plus jamais la lumière du jour. On ne s'invite pas sans permission !

Je la relâchai délicatement, sans la quitter du regard. Je savais que mes yeux avaient pris la couleur métallique du mercure, car elle pâlit et se leva précipitamment en faisant craquer l'un des pans de sa robe minuscule. Raphaël ne lui montra pas plus d'intérêt et but la coupe de champagne comme si de rien n'était.

- Nym ! protesta Will. Nous sommes ici pour nous amuser, pas pour provoquer une bagarre !

Je haussai les épaules nonchalamment.

— C'est toi qui m'as forcée à venir !

Pour couronner le tout, Raphaël s'était installé à côté de moi. Je ne sais pas ce qui me dérangeait le plus : qu'il se soit assis à cette place avec un naturel déconcertant, ou qu'il continue de m'ignorer depuis le début de la soirée.

Un petit écran au milieu de la table affichait les différentes consommations disponibles. Il suffisait de sélectionner les boissons, puis de les régler en passant la carte bancaire dans l'interstice prévu à cet effet. J'admirai le style ancien des lieux qui fusionnait avec les nouvelles technologies.

L'idée de commander à distance était très astucieuse et poussait la clientèle à consommer sans modération. Plus besoin de faire indéfiniment la queue au bar pour un autre verre de Vodka ou de Rhum, le soda était même offert à volonté avec certains alcools.

Yuna me proposa d'aller danser. Kachada n'aimant pas attirer l'attention ne nous suivit que du regard. Les garçons restèrent un moment entre eux sans pour autant oublier de vérifier que nous ne soyons pas ennuyées.

Pour la plupart des importuns, un refus simple, mais catégorique suffisait à les dissuader, jusqu'au moment où un vampire s'amusa à me caresser les fesses.

Je me tournai pour lui faire face. Ma louve était proche de la surface.

- Tu penses toucher qui ? grommelai-je de mauvaise humeur.

L'inconnu, un homme de grande taille à la carrure de guerrier et au crâne à moitié rasé, me sourit de toutes ses dents. Ses canines étaient saillantes ce qui me laissait présumer de ses attentes. Il s'avança plus près de moi, je le repoussai, reculai de quelques pas pour maintenir une distance respectable.

– Je ne suis pas ici pour ce genre de choses !

– Tu n'as même pas essayé !

Ses pupilles se dilatèrent, la sclère de ses yeux vira au noir, ses iris se teintèrent en rouge. Je n'avais jamais rien vu de tel, c'était à la fois beau et effrayant. Soudain, je m'aperçus que mon corps ne répondait plus, j'étais comme paralysée… La créature se pencha alors au-dessus de moi.

– Tu vois, je peux obtenir tout ce que je souhaite, murmura-t-il dans le creux de mon cou.

Je commençai à paniquer. Mon cœur battait la chamade, je n'arrivai même plus à prononcer un seul mot. Moi qui avais horreur d'être démunie, je me retrouvais bien trop souvent dans ce genre de situation ces derniers temps. Cela me rendait folle de rage. Je voulus le frapper, mais rien ne se produisit.

Sa langue passa sur ma peau. Je tentais de reprendre mon souffle, cela aussi m'était difficile. La peur fut alors plus forte que ma fierté, j'ouvris mon esprit aux autres et leur hurlai de m'aider.

Tout se déroula en un instant.

Les canines du Viking éraflèrent ma jugulaire, tout à coup son corps fut propulsé en arrière. Uriel entra dans mon champ de vision alors qu'un jet de sang me gicla dans les yeux, m'aveuglant au passage. Instinctivement, je portai les mains à mon visage. Le charme du vampire était rompu. Moi qui croyais dur comme fer que l'hypnose chez les sangsues était un mythe. Cet enfoiré venait de me prouver le contraire.

La musique s'arrêta, une petite main me tira en arrière. Je reconnus l'odeur de Yuna. Elle me guida loin du combat, pour l'instant je ne pouvais pas épauler mes amis.

– Ouvre les yeux, c'est de l'eau !

– Ont-ils besoin d'aide ?

Un silence, qui me parut une éternité. L'eau glacée me piquait les yeux. Yuna avait insisté pour que je me maquille. À présent, je devais ressembler à un raton laveur sous stéroïde !

– Non, c'est déjà fini. Pauvre vampire…

Kachada hésita quelques secondes.

– En revanche, d'autres commencent à s'agglutiner autour des garçons, il faut les rejoindre !

Instincts

Kachada essayait tant bien que mal de ne pas

s'inquiéter pour sa compagne qui dansait au milieu des fêtards. Contrairement à l'amérindien, je n'avais pas besoin de pencher la tête pour avoir une vue d'ensemble sur la piste.

Je n'aimais guère Yuna et l'évitais quand cela m'était possible. La jeune femme n'était pas méchante, enfin pas avec les hommes et elle désirait plaire, peut-être un peu trop. Bien qu'elle soit liée par le Lien d'Union à son compagnon, la louve ne se privait pas d'un petit flirt de temps à autre. Actuellement, elle dansait collée-serrée avec un humain, brun, aux allures de top model. Celui-ci lorgnait ouvertement le décolleté plongeant de la femme.

Les poings de Kachada se serrèrent. Il ferma les yeux et reporta son attention sur la conversation que je n'écoutais pas vraiment.

— Pourquoi ne dis-tu rien ?

Le loup baissa les yeux sur son verre vide.

— Elle en profiterait pour faire pire. Elle aime me rendre jaloux, alors je ne marche pas dans son jeu.

Ses paroles étaient pleines de sagesse, pourtant elles sonnaient creux à mes oreilles.

— Je lui ferai la tête en rentrant, crut-il bon de me préciser.

J'esquissai un sourire compatissant, et continuai d'observer la salle. Après tout, leur relation ne me regardait pas. Nym était restée en retrait, et contrairement à l'autre femme avait choisi une tenue bien moins tape-à-l'œil. Elle avait revêtu une longue robe de soie noire qui dévoilait les magnifiques lignes de son dos. Le tissu cachait sa poitrine généreuse et était attaché autour de son cou par une chainette d'or. Elle était indubitablement belle.

Quelques hommes l'invitèrent à danser, elle refusa chaque fois.

— Penses-tu encore avoir une chance avec elle ? me chuchota Uriel sur le ton de la conversation.

Je haussai un sourcil interrogateur, tout en essayant de conserver mon calme.

— De quoi me parles-tu ?

Il se pencha en avant, l'air triomphant.

– De Nym, bien sûr !

Je me levai sans pour autant répondre à sa provocation. Je ne perdrai pas à nouveau le contrôle, surtout pas dans un lieu public. Je serrais les poings assez fort pour sentir mes ongles pénétrer ma peau. J'étais beaucoup trop proche du gouffre pour demeurer à table et j'avais connaissance d'un balcon extérieur, mis à disposition pour les clients fumeurs. L'odeur y était abominable, mais je préférais cette puanteur aux remarques désobligeantes du loup. Bien sûr, j'aurais très bien pu lui rétorquer que Nym et moi avions couché ensemble, ce qui n'était pas tout à fait faux et ainsi remporter notre défi, mettant définitivement le Nouveau sur la touche. Toutefois, j'avais déjà fait assez de casse comme cela, inutile d'en ajouter davantage. Je dépassais Nym et Yuna, vérifiant qu'elles avaient la situation en main. Je sortis et empruntai un grand escalier qui menait sur la terrasse du club.

Je remerciais intérieurement les dieux et déesses, le balcon était presque désert. Au vu du monde qui s'agglutinait à l'intérieur, j'eus peur de tomber nez à nez avec un brouillard de fumée de cigarette. Je m'assis sur la rambarde en pierre polie et inspirai profondément.

L'esprit de William toucha le mien, je m'ouvris à sa demande silencieuse.

– Tout va bien ?

– Oui.

Je le sentis hésiter.

– Je gère. Je suis sorti me calmer dehors.

– Je peux parler à Uriel, si tu…

La colère me traversa de part en part, puis aussi soudainement, l'affection que je portais à mon ami prit le dessus. J'avais l'impression d'être une femme enceinte.

– Non, je ne veux pas lui donner satisfaction, je m'en occuperai un autre jour !

– Comme tu le sens !

Will se retira, il était déconcertant de voir avec quelle facilité il réussissait cet exercice. Après tout, il était destiné à être un Alpha.

Subitement, une étrange angoisse m'envahit. Je ne compris pas son origine, mais mon instinct me criait de rentrer au plus vite.

Je passai les jambes par-dessus la rambarde et regagnai la discothèque.

En entrant, j'aperçus immédiatement Nym avec ce qui semblait être un vampire. Il était beaucoup trop proche à mon goût.

Finalement, l'angoisse se transforma en peur. La sangsue se rapprochait toujours plus du cou de la jeune femme. Mon corps bougea avant même que le vampire de la taille d'une armoire à glace ne montre un quelconque signe d'hostilité.

Nym ouvrit son esprit, envoyant des signaux de détresse. Il devait lui en coûter de demander de l'aide, mais elle le fit. Quand les canines du vampire arrivèrent au niveau de sa jugulaire, j'étais déjà sur lui. Je l'empoignai et l'emportai dans mon élan. Le Nouveau avait réagi trop tard pour avoir l'honneur de lui offrir la raclée de sa vie. Je vis une fraction de seconde la frustration se peindre sur son visage d'ange. Il eut tout de même l'intelligence de protéger Nym de son corps.

J'abattis mes griffes sur l'assaillant, l'hémoglobine aspergea les personnes qui se trouvaient aux alentours. L'odeur de son sang me fit sourire, mon loup était presque satisfait. À présent, il me poussait à le tuer, lui, qui avait osé s'en prendre à notre femelle.

Notre femelle ?

Dans mon effarement, je n'avais pas aperçu le second vampire qui m'attaqua sournoisement. Uriel se jeta sur lui et me sauva la mise. Armoire à glace guérissait déjà, alors je lui éclatai le nez. La violence du coup fut suffisante pour que son cerveau s'écrase contre sa boîte crânienne et le plonge momentanément dans un léger coma.

Du coin de l'œil, je vis Kachada, Yuna et Nym qui se débattaient pour nous épauler dans la bagarre. J'évitai de justesse le crochet du droit d'une vampire, sortie de nulle part.

William s'interposa entre les sangsues, Uriel, Hajime et moi.

Quand est-il arrivé celui-là ?

Je n'en avais aucune idée, j'étais bien trop occupé à tabasser M. Armoire à glaces. D'ailleurs, la musique s'était tue, et une vive douleur me brûlait les côtes. C'était comme si mon esprit s'était déconnecté, je réprimai un frisson.

Je n'ai quand même pas laissé les rênes à mon loup !

La plupart des lycanthropes qui agissaient ainsi finissaient par se transformer irrémédiablement et perdaient par la même occasion leur part humaine. Ces loups étaient par la suite abattus, car estimés trop dangereux. Autant dire que je ne souhaitais pas mourir dans de telles conditions.

- Cela suffit ! cria Will à l'attention de l'assemblée.

Il utilisa cette voix que les Alphas employaient pour se faire obéir.

Je m'arrêtai net, mon geste suspendu à quelques centimètres du visage de l'homme qui avait osé toucher Nym. Je grondai mécontent.

– Raphaël, lâche-le !

– Nous sommes cernés, ajouta Will mentalement.

Je m'exécutai immédiatement, prenant soin de le balancer avec brutalité. Je me relevai pour faire face à une horde de vampires prêts au combat. Ils étaient bien plus nombreux que nous. Ils étaient vingt-cinq exactement, sans compter ceux qui nous lorgnaient avec avidité, perchés sur les balcons de luxe.

- Où est votre responsable ? demanda le fils de l'Alpha à l'un des vigiles qui s'était avancé.

Yuna, Kachada et Nym nous avaient rejoints discrètement, nous formions maintenant un bloc compact. Nous n'avions aucune chance contre autant de vampires.

– C'est quoi, ce bordel ? vociféra la voix d'un homme brun, à la beauté parfaite. C'était un vieux vampire, on le remarquait au premier coup d'œil.

William s'avança vers l'homme dont les iris avaient viré du bleu au rouge sang.

– Je vous retourne la question ! Pouvez-vous m'expliquer pourquoi l'un de vos clients a essayé de mordre mon amie sans son consentement ?

Le loup désignait Armoire à glace étendue à terre, et maintenant que j'avais les idées plus claires, je ne l'entendais plus respirer. Cela ne voulait rien dire, les sangsues n'avaient pas vraiment besoin d'air pour exister...

Le vieux vampire des lieux observa un moment le crétin à ses pieds, un rictus de pur dégout sur le visage.

– Partez, immédiatement ! Je ne veux plus jamais de vous dans mon établissement !

William acquiesça d'un mouvement saccadé de la tête.

– On file !

Nous prîmes la direction de la sortie sans nous faire prier. Par provocation, quelques vampires à notre passage nous sifflèrent dessus, souhaitant ainsi déclencher une nouvelle bagarre. Mon ami ferma la marche, s'assurant que rien ne lui échappe.

— N'espérez pas vous en tirer à si bon compte ! Vous venez d'enfreindre nos règles d'hospitalité !

Je me tournai légèrement en direction de Will, lui-même observait le directeur avec une certaine animosité.

— Nous verrons bien !

Sa voix était aussi glaciale que le vent du nord, je n'avais jamais entendu une telle intonation.

— Présentez mes respects au Prince Gabriel !

Je crus voir le vampire pâlir.

ↃOↄ

Notre bande de joyeux drilles était cloîtrée depuis deux jours à Index. Raphaël avait alerté son père sur la situation. Jack n'avait pas eu l'air plus préoccupé que de coutume par notre mésaventure. À vrai dire, à part nous ordonner de rester sur place, nous n'avions pas beaucoup plus d'informations, concernant les répercussions de nos actes. Mon ami d'enfance ne paraissait pas plus inquiet que son paternel, quant à moi, j'avais encore laissé mon loup faire ce que bon lui semblait…

J'étais assis sur un fauteuil, au milieu du jardin intérieur. Pour le moment, la maison était calme, tout le monde dormait. Je me sentais fatigué, tendu et frustré.

Le bruit feutré de pas sur le parquet me sortit de mes réflexions.

— Bonjour, dit doucement Nym.

Je tournai la tête dans sa direction, mais une plante grimpante me cachait la vue.

– Bonjour, bien dormi ? lui répondit le Nouveau.

– Oui, merci.

Quelque chose changea dans l'intonation de sa voix.

– Je… je veux te remercier de m'avoir protégée du vampire l'autre soir.

Je montrai les crocs, néanmoins ne grognai pas. Je souhaitais entendre de la bouche de cet enfoiré qu'il n'avait rien fait. J'étais arrivé bien avant lui.

– Oh, ce n'est pas grand-chose… Je ne voulais pas qu'il te fasse du mal, c'est tout… Je n'ai pas réfléchi !

Quoi ?

J'allais me lever et lui coller la raclée de sa vie à ce crétin, puis après réflexion me ravisai. Qu'il s'attribue la gloire s'il le désirait… Il n'avait pas menti, il avait bien aidé Nym, même si je l'avais devancé. Il omettait volontairement d'informer la jeune femme de certains détails comme le fait qu'il n'avait pas passé à tabac le vampire et que le mérite me revenait, mais ses paroles n'étaient pas des mensonges pour autant.

– Je vais déjeuner.

– Je te rejoins dans un instant.

La louve passa devant moi, je l'observai se diriger vers la cuisine.

Au passage, ses yeux se posèrent sur moi. Ils étaient si froids que cela me glaça le sang et je ne sais pour quelle raison, je ressentis une immense peine.

Je voulus lui avouer que c'était moi qui étais arrivé le premier et qui l'avais arrachée à la morsure du vampire. J'ouvris la bouche, hésitai, elle me lança un regard chargé de reproches. Je refermai la bouche et laissai tomber ma tête en arrière contre le dossier de mon siège.

Nym renifla avec dédain.

Si je lui dis que je l'ai sauvée, ne va-t-elle pas le vivre comme une nouvelle humiliation ? J'ai toujours l'impression de marcher sur des charbons ardents avec elle.

D'autres pas suivirent de peu ceux de Nym, c'était Uriel. Je le foudroyai du regard.

– Un problème ? me provoqua le loup.

– Je devrais peut-être te retourner la question !

Il leva un sourcil sceptique.

– Que veux-tu dire ?

J'émis un rire bref, lui montrant ainsi que je me foutais clairement de sa gueule.

– Et bien, je trouve très héroïque de ta part d'avoir secouru Nym à la discothèque. Sans toi, elle se serait vidée de son sang !

L'homme pâlit, me toisa d'un air royal et rejoignit la jeune femme sans ajouter un seul mot.

Jack arriva plus tard dans la journée, il souhaitait me parler sur-le-champ. J'avais sauté le déjeuner, ne souhaitant pas affronter le regard de Nym une nouvelle fois. J'étais encore un peu perdu, comment pouvais-je arranger la situation avec elle ? Je comptais vraiment faire des efforts pour que nous redevenions amis, si toutefois nous l'avions été un jour. Finalement, avec du recul, notre relation était tendue depuis le début.

Will et son père me retrouvèrent dans la cuisine, laissant par la même occasion Uriel et Nym seuls. J'effaçais cette idée de mon esprit, je ne voulais plus y penser.

– Bon ! Raphaël, commença Jack, peux-tu m'expliquer en détail ce qu'il s'est passé ?

Je relevai un sourcil interrogateur tout en grignotant

un bout de brioche qui traînait encore sur la table.

— Will ne t'a rien dit !

— Si ! Mais je veux entendre ta version, et ensuite j'écouterai celles d'Uriel et de Nym. Je me suis déjà tapé les conneries du responsable de l'établissement...

— N'a-t-il pas informé le Prince Vampire du dérapage ?

Jack s'installa plus confortablement sur sa chaise puis ébouriffa ses cheveux.

— Si ! Apparemment, le vampire que tu as massacré est mort !

J'allais rétorquer, mais Will me devança.

— Ce n'est pas possible, je l'ai vu bouger après que Raphaël se relève.

Je lui narrais donc en détail ce qui s'était produit, la provocation d'Uriel, ma sortie sur la terrasse de l'établissement et pour finir l'agression de Nym.

— Je me disais bien que les propos tenus par le gérant étaient erronés. Les vampires mentent avec beaucoup d'assurance et leur odeur ne change pas !

En effet, les vampires ne transpiraient pas. Leur corps ne sécrétait plus de substances telles que l'urine ou les excréments. Contrairement à la légende, leur cœur ne cessait pas de fonctionner, il fallait bien que leur système sanguin soit irrigué et que le sang avalé soit digéré.

— Nym elle-même te tiendra d'autres propos. Je ne sais pas si Uriel vous donnera une version plus exacte, mais il est le deuxième à s'être engagé dans le combat.

— Pourquoi auraient-ils une version différente de la tienne ?

— Nym avait la vue cachée par Uriel, et du sang troublait sa vision. Il semblerait qu'elle croit qu'il l'a secourue.

– Et dire que je pensais qu'après ces événements, elle ne t'en voudrait plus, continua mon ami.

Son père fronça les sourcils.

– Pourquoi êtes-vous si obstinés tous les deux ? déclara Jack en se pinçant l'arête du nez.

– J'essaye vraiment de faire des efforts... me justifiai-je.

– Peu importe ! Je ne suis pas venu pour ces broutilles ! Écoute, il faut que tu reprennes les rênes. Tu dois être plus en harmonie avec ton loup. Je pensais qu'en grandissant tu avais résolu ce problème.

Je baissai les yeux sur mes mains jointes.

– Moi aussi...

L'Alpha se pencha en avant, les coudes en appui sur la table.

– Qu'est-ce qui a déclenché ton manque de contrôle ?

J'avais beau méditer, rien ne me venait à l'esprit. Je n'avais pas changé grand-chose dans ma façon de vivre. Je secouai la tête.

– Je ne m'entends pas très bien avec le Nouveau, ce n'est pas un secret ! Toutefois, je ne pense pas qu'il soit la raison de l'attitude de mon loup.

Les deux autres mâles parurent réfléchir.

- Et pourquoi pas ? demanda Jack.

– Je n'ai pas répondu à sa provocation au « Sanguine », il a juste exacerbé ma colère.

Will remua sur sa chaise.

– Et qu'est-ce qui t'a fait sortir de tes gonds ? me questionna le fils de l'Alpha, avec un sourire en coin.

Je soupirai, ce qu'il pouvait m'énerver quand il

agissait ainsi.

– Le vampire avait ses crocs beaucoup trop proches du cou de Nym et j'ai ressenti son angoisse. Je ne me suis pas posé de questions, je me suis aperçu de ma perte de contrôle seulement quand tu m'as demandé d'arrêter de le tabasser. Par la suite, je n'ai vu aucun signe de vie contrairement à toi, et au fond c'était mon intention... J'ai voulu le tuer !

Jack rit de bon cœur.

– Le gérant réclame ton exécution.

Je levai un sourcil interrogateur, un frisson me parcourut l'échine.

– Je ne vois pas ce qu'il y a de drôle !

– C'est un vieux vampire d'une grande famille de Portland. Un fils à papa qui n'a plus aucune réalité de la vie. J'ai déjà rejeté sa requête. J'attends des nouvelles de Gabriel, je lui ai fait une proposition qu'il ne peut pas refuser. Quoi qu'il en soit, tu dois travailler sur ton self contrôle.

Je fronçai à mon tour les sourcils.

– J'aurais dû attendre qu'il morde Nymrasis ? grondai-je, ma voix proche du râle animal.

– Non ! Non ! Mais, avec toutes les heures d'entraînement que je vous ai infligées à Will et toi, tu devrais avoir des nerfs d'acier !

Je fixai de nouveau mes mains, penaud.

– Je ne sais plus comment gérer mon loup... Il est bien plus fort qu'à l'époque où nous étions enfants !

– C'est parce que tu ne l'écoutes pas.

– Il veut soumettre tout le monde ! Je ne peux pas le laisser agir à sa guise !

– C'est vrai. C'est pourquoi si Gabriel accepte ma proposition, Nym et toi ferez équipe pour démontrer ton innocence.

– Et si je l'ai réellement tué ?

– Un vieux vampire ne meurt pas dans une bagarre de rue, même si ce dernier est faible en termes de capacité vampirique !

Je déglutis.

– Pourquoi Nym ?

– Préfères-tu Uriel ?

Je fronçai le nez, dégouté.

– Non, mais Will et moi faisons toujours de l'excellent travail ensemble !

– En tant que fils d'Alpha, je ne peux pas t'accompagner mon ami.

– Bon, très bien ! Ce n'est pas comme si j'avais le choix… Et si cela ne se passe pas comme prévu ?

– On avisera à ce moment-là !

Chapitre 8

Jack m'interrogea peu après Raphaël. Je lui relatais les faits de la veille avec autant de précisions qu'il m'était possible de donner. Uriel s'était précipité sur le vampire pour me protéger, puis un jet de sang dans les yeux m'avait aveuglée. Ensuite, Yuna m'avait emmenée loin de la cohue du combat. Je m'étais rincé les yeux rapidement, puis nous avions rejoint les autres. Nous n'avions aucune chance contre autant d'adversaires, cependant les sangsues n'avaient pas attaqué. Je m'en étonnais encore.

Jack me souriait avec bienveillance.

– Le Prince Vampire souhaite qu'une enquête soit menée pour définir si le vampire est mort de ses blessures infligées durant la lutte, ou si l'un d'entre vous l'a tué par la suite.

– Je n'ai pas vu grand-chose de la scène.

Jack se servit un verre d'eau, me montra le pichet qu'il tenait à la main.

– Non, merci.

– Vous irez à la rencontre du second de Gabriel. Érié est une femme dangereuse. Elle est aussi douce et délicate qu'un char d'assaut. Faites attention à vos arrières ! C'est elle qui sera juge de votre innocence. Comme tu es avant tout la victime du vampire, tu feras partie de l'équipe qui mènera les investigations.

J'inspirai profondément, un frisson parcourut mon échine à l'évocation d'Érié. Cette femme était l'un des prédateurs les plus dangereux de l'état.

– OK, et avec qui vais-je à la rencontre du second de Gabriel ?

Pour être franche, j'espérais que Jack aurait l'amabilité de ne pas me fourrer Raphaël dans les pattes, et après le geste d'Uriel, je tenais à remercier ce dernier en lui donnant sa chance. J'avais envie d'apprendre à mieux le connaître, même si ses preuves d'affection me gênaient beaucoup. Pourtant, il avait tout pour me plaire. C'était un bon parti, ma mère n'aurait pas espéré davantage pour moi…

– Ton équipier habituel…

Je soupirai, une boule compressa mes côtes m'empêchant de respirer. J'étais très angoissée. Ma louve rôdait tel un fantôme à la lisière de mon esprit.

– Pourquoi tenez-vous tant à ce qu'on travaille ensemble ? Nous ne nous accordons pas !

Jack émit un rire grave que j'aurais trouvé sensuel s'il ne s'agissait pas de mon Alpha.

– Justement, car il n'est pas permis que des tensions naissent au sein de la meute. Ce n'est pas plus compliqué que cela !

– Très bien, acceptai-je de mauvaise grâce.

Je me levai pour quitter la pièce.

– Nym !

Je me tournai pour avoir mon Alpha dans mon champ de vision.

– Tu ne peux pas marcher éternellement seule. Nous avons tous besoin de quelqu'un pour nous épauler.

Je françai les sourcils, laissant glisser ma main de la poignée.

– Que veux-tu dire par là ?

– Ce n'est pas une faiblesse que de reconnaître qu'on a besoin d'aide, ni d'en recevoir, ou de créer des liens avec les autres.

Ses yeux fixèrent soudainement le mur derrière moi.

– J'ai des amis. J'ai reçu de l'aide hier soir, et j'en suis consciente !

– Mais tu ne te laisses pas apprivoiser.

– Je ne suis pas un chien !

– Je n'ai jamais employé le terme « dresser » !

ᗞOᗡ

L'Alpha partit avec Will et les autres, seul Raphaël resta avec moi dans l'immense maison de verre. Uriel me proposa de me cuisiner un dîner quand je rentrerai. J'avais répondu évasivement pour me laisser une porte de sortie, au cas où je n'aurais finalement pas très envie de compagnie.

Jack nous communiqua les coordonnées d'Érié. Cette dernière devait nous téléphoner dans la journée. Plus tard, Raphaël me tendit le morceau de papier.

— Cette fois, c'est toi qui gères !

Je l'observai des pieds à la tête, à la fois surprise et sceptique sur ses intentions.

— Mais qui êtes-vous ? Et qu'avez-vous fait de ce rabat-joie de Raphaël ?

Il esquissa un sourire, regarda la feuille, et la déposa dans ma main.

— Chacun son tour, je…

Je restai suspendu à ses lèvres.

— Pour ce qui s'est passé l'autre jour…

Mon cœur loupa un battement, une nouvelle boule d'angoisse me donna la nausée. L'odeur de mon équipier changea elle aussi, je sentis une légère touche d'anxiété.

— Je préfère que nous n'en parlions plus !

Je partis d'un pas rapide vers ma chambre. Je souhaitais prendre une douche avant que le second du Prince Vampire nous appelle et nous demande de la rejoindre à Seattle. Je fis quelques pas, sa main attrapa fermement mon poignet. D'instinct, je la retirai. Il ne m'opposa aucune résistance.

— Je voulais simplement m'excuser !

— Oui ! Oui ! J'ai bien compris que tu regrettais d'avoir couché avec moi !

J'agitai les bras pour donner du poids à mes paroles, toutefois le regard de Raphaël refléta davantage la surprise que la couardise. Je n'arrivais plus à m'arrêter, il fallait que cela sorte, que cette boule qui m'accompagnait depuis des semaines s'évacue enfin.

– Tu ne sais pas vraiment ce qui t'a pris à ce moment-là ! C'était dans le feu de l'action, et cætera, et cætera, et cætera !

Le mâle resta silencieux, les yeux écarquillés sous le coup de la surprise. Sans m'en rendre compte, j'avançai de quelques pas, et me saisis du col en V de son t-shirt noir.

– Crois-tu qu'on ne me l'a pas assez dit ? Tu penses être le premier à trouver ces excuses pitoyables !

Soudain, sa main se leva, le dos de son index attrapa une larme qu'il examina attentivement.

– Tu te trompes ! Je ne regrette pas d'avoir couché avec toi, je m'excuse de m'être mal comporté !

Je reniflai bruyamment, reculai en remarquant que c'était bien moi qui pleurais. Je voulus fuir. Il le sentit, sa main glissa le long de ma hanche, son corps se colla au mien. Ses gestes étaient d'une infinie douceur, à tel point que je m'étonnai de souhaiter ce contact. Je désirais qu'il me prenne dans ses bras.

Alors comme ça, il ne regrette rien !

Quelque chose en moi éclata. Une douce chaleur m'envahit, mon cœur jusqu'alors glacé se remit à battre.

Je suis… heureuse ?

Ma louve trépignait dans mon esprit. Elle voulait courir avec Raphaël, s'amuser dans les bois et profiter du soleil de la fin d'après-midi, serrés l'un contre l'autre dans l'herbe foisonnante.

– Je ne sais jamais comment me comporter avec toi.

C'était un murmure, prononcé à mi-mots. Les doigts de Raphaël jouaient avec mes cheveux. Son étreinte était si réconfortante, que mon corps se détendit instantanément. Je retenais à grande peine mes larmes.

— Ce n'est pas pour autant que je te pardonne ! sanglotai-je sur son épaule.

— Je sais…

Érié

Elle pleurait encore par ma faute. J'avais l'impression d'être la source de toutes ses tristesses. Par instinct, je voulus la serrer dans mes bras, l'emmener dans l'une des chambres de la villa et la faire mienne. Ma raison, elle me somma la patience et la sagesse. Je continuais donc à lui caresser la tête jusqu'à ce que Nym reprenne son sang-froid. Je n'avais pas imaginé un instant qu'elle pût être si fragile. J'avais toujours vu que la surface de sa personnalité, forte et fière, aussi dure et inflexible que le roc. Mon loup claqua des mâchoires, contrarié par l'état de la jeune femme.

Si tu veux la faire tienne, il va bien falloir que tu sois patient !

Mon loup concéda à cet argument et se calma quelque peu, bien que notre frustration fût à son comble. Je n'avais pas pour habitude de rester passif. Pourtant, si je ne faisais pas attention, je risquais de braquer irrévocablement la jeune femme.

Le téléphone sonna, interrompant aussitôt cet instant privilégié. Je m'aperçus avec stupéfaction que son contact me manquait au moment même où elle mit un terme à notre étreinte.

Cela faisait maintenant une heure et demie que nous avions pris la route et mon épiderme me démangeait toujours. J'avais envie de sexe et tentais tant bien que mal d'imaginer tante Haley nue pour calmer mes ardeurs ! L'effet fut foudroyant, je débandai très rapidement. Je restai donc focalisé sur cette image, au risque de faire des cauchemars les trois prochaines années de ma vie.

– Quelque chose ne va pas ? demanda Nym.

Oui, tante Haley n'est vraiment pas mon genre !

– J'essaye de me concentrer sur la route, finis-je par répondre un peu trop brusquement.

La jeune femme baissa la tête, soucieuse. Je ne pus m'empêcher de grogner.

– Je ne sais pas pourquoi j'ai chouiné comme une enfant devant toi.

– Je suis content que tu l'aies fait.

Ses yeux gris colombe s'arrondirent d'étonnement.

– Je n'aime pas te voir pleurer, bien sûr, mais je suis

heureux de constater que tu as assez confiance en moi pour te laisser aller.

Nym croisa les bras sur sa poitrine d'un air renfrogné.

– Ne t'y habitue pas trop, je déteste l'idée !

Sa réplique venimeuse me fit rire. Il y a quelques jours, j'aurais pris sa réponse pour du dédain ou peut-être de l'orgueil.

– Quoi ?

Je haussai les épaules avec nonchalance.

– On a tous quelque chose qui nous rend vulnérables.

– Vraiment ? Dans ce cas, qu'est-ce qui te rend vulnérable ?

Le premier mot qui me vint à l'esprit ne franchit jamais mes lèvres, car moi-même, je le rejetai.

– Pourquoi te le dirais-je ?

Elle se rembrunit.

– C'est moi qui pleure comme une potiche sur ton épaule, alors c'est de bonne guerre !

J'hésitai un moment.

– Je crois que tu es au courant pour mes parents ?

Ma voix s'était faite rauque, douloureuse. Je détestais parler de ma mère et de mon père. Ils moururent quand j'avais sept ans, lors d'une mission diplomatique dans une meute du Montana. Jack avait vengé leur mort et m'avait élevé comme un fils.

La jeune femme acquiesça.

– Durant les onze années qui suivirent leur décès, je n'ai pas réussi à contrôler mon loup. Il m'arrivait de passer des semaines entières sous ma peau animale, sans parvenir à reprendre ma forme humaine…

– Je n'en savais rien, murmura-t-elle.

Je secouai la tête en signe de négation.

– A part la famille de notre Alpha, personne n'est au courant, sauf peut-être Gilbert. Suivant nos lois, Jack aurait dû m'abattre. Ce que je te confie aujourd'hui ne doit en aucun cas s'ébruiter !

Nym parut outrée, elle ajouta cependant.

– Je ne dirais rien qui puisse nuire à Jack... ni à toi !

Sa précision me toucha.

– Qu'est-ce qui a servi de déclencheur ?

– La mort de mes parents, je pense. Le fait de ne pas avoir pu les aider. Je n'ai pas pu contrôler la situation, donc mon loup en a profité.

– Non, je veux parler de ce qui t'a permis de gérer ton loup !

– Rien, il a juste décidé que je pouvais reprendre les rênes.

Nym fronça les sourcils.

– Alors, il peut t'écraser à tout moment ?

Ces dernières paroles me firent l'effet d'un coup de poignard... Elle avait raison, mais j'espérais qu'on n'en viendrait plus jamais à cet extrême.

– Non, mais je suis toujours sur mes gardes, au cas où...

À présent, Downtown nous ouvrait les bras. Érié avait parlé d'un building noir gigantesque. Nous tournâmes en rond un moment avant de trouver une place de parking. Il y avait beaucoup de vacanciers à cette époque de l'année.

« Columbia Center » était comme nous l'avait décrit le second de Gabriel, en verre, grand et sombre. Le bâtiment me faisait un peu penser à la tour couronnée d'un œil unique que nous avions vue dans un film, Will et moi. Le building pouvait être visité par les touristes, il y avait même un restaurant au soixante-treizième étage où l'on admirait le panorama. Bien sûr, l'entrée était payante.

La réceptionniste, une petite vampire aux cheveux noirs et au teint pâle, nous remit un passe « invité » et nous demanda de suivre un homme tout aussi austère. Ce dernier, que je nommerai *Crise de foie* pour son minois charmant, nous fit monter dans le troisième ascenseur. Celui-ci était destiné au personnel ou au Prince lui-même. Je ne comprenais pas vraiment comment était structuré le bâtiment. Il semblait que la partie réservée au public soit finalement, assez réduite et sous haute surveillance.

Le bureau de Gabriel était au soixante-quinzième et ultime étage, tel le souverain qu'il était. Nous prîmes donc plusieurs ascenseurs dans un silence de plomb. Notre destination étant l'avant-dernier étage, le bureau d'Érié. Crise *de foie* ne nous adressa pas une seule fois la parole. Il se contentait de descendre de la cabine et de parcourir quelques mètres pour appeler un nouveau monte-charge.

Je préférais largement emprunter les escaliers et je sentis Nym aussi tendue que moi dans cet espace restreint. Nous n'avions pas l'habitude de nous retrouver en cage. Si l'un de nous se transformait maintenant, ce serait la catastrophe. Je respirais profondément pour calmer mon loup. Ce n'était pas le moment qu'il fasse des siennes. Je me concentrais sur les dorures qui encadraient les boutons d'appel des différents niveaux. Tout était richement ornementé et coûtait sans doute un bras. Toutefois, quand on était aussi vieux et éminent que Gabriel, on avait eu le temps d'amasser une fortune colossale.

Je n'étais pas un expert en sangsues et je détestais les côtoyer. Certains affirmaient que Gabriel était le fils ainé du premier vampire de l'Histoire. C'était une simple rumeur bien sûr, mais je me demandais s'il n'y avait pas un fond de vérité derrière cette assertion. Après tout, Érié avait six cents ans…

J'allais questionner l'homme qui fixait obstinément les chiffres défilant au fur et à mesure de notre ascension, quand il posa sur moi des yeux rouge sang. Je refermai alors la bouche dans un claquement de langue. Non seulement, *Crise de foie* n'était pas loquace, mais en plus il était effrayant.

Je respirai de nouveau quand nous sortîmes de l'habitacle. Il me fallut quelques instants, pour que ma tête cesse de tourner.

– Es-tu sûr que ça va ? me demanda gentiment Nym.

J'inspirai profondément.

– Oui, mais je pense que les escaliers me conviennent mieux.

– Pas d'escaliers !

Je relevai le visage vers *Crise de foie.*

– N'avez-vous pas d'escaliers de secours ?

– Il vous est interdit de les utiliser. Le maître a été très clair là-dessus !

En parlant d'escaliers, je n'en vis aucun. L'architecture intérieure était… intéressante. Le sol et les murs étaient en marbre rose, les ouvertures en bois noir étaient serties d'épaisses tiges de cuivre. Il n'y avait que deux portes dans le couloir que nous avions emprunté et les deux portaient des numéros distincts, à la façon des chambres d'hôtel. Aucune issue de secours visible. Si nous étions attaqués, nous n'avions que très peu d'options.

L'esprit de Nym caressa le mien.

– Nous avons tout intérêt à rester calmes et courtois.

Je m'arrêtai en l'observant, un court instant.

– Vous vous sentez mal, Loup ? me nargua, *Crise de foie*.

– Je vais bien !

Je les rejoignis devant le seuil le plus éloigné de l'ascenseur.

– Depuis quand arrives-tu à communiquer mentalement sous ta forme humaine ?

J'espérais qu'elle m'entendrait comme je l'avais entendue. Je n'étais pas un Alpha alors je n'avais pas le pouvoir d'échanger ainsi d'ordinaire.

– C'était... une simple réflexion ! Qu'est-ce que tu fous dans ma tête ?

J'inspirai encore profondément. *Crise de foie* sourit, pensant que j'étais stressé à l'idée de rencontrer l'un des monstres les plus dangereux de notre État.

– Garde ton calme, on se posera la question plus tard !

– Courage ! continua de se moquer l'homme au visage livide.

Il ouvrit la porte, un rictus aux lèvres, ses canines visibles, son regard fixant le cou de Nym. Je grondai en guise d'avertissement, mon loup claquait des mâchoires, fou de rage.

Tue-le !

Je fis craquer ma nuque, essayant de me détendre, heureusement, *Crise de foie* tournait déjà les talons.

– Robert est un vieux vampire, je vous conseille de ne pas trop l'asticoter... Bien que vous auriez certainement le dessus lors d'un combat.

La voix qui nous parvenait de derrière un grand

secrétaire en bois massif était claire comme une rivière, un jour d'été, et aussi mélodieuse que le chant des oiseaux. La femme qui y trônait était tout aussi exceptionnelle. Des yeux de mercure liquide, des cheveux blancs aux reflets d'argent, Érié se leva et se dirigea vers nous d'un pas un peu trop rapide pour paraître humain. Son tailleur noir de femme d'affaires était impeccable et mettait en valeur chacune des courbes de son corps. Je remarquai alors qu'elle était aussi grande que la louve.

Nym recula, ses muscles se tendirent à l'extrême à tel point que les articulations de ses mains blanchirent. Je m'avançai pour protéger Nym. La vampire qui n'arborait aucune expression jusqu'à présent esquissa un début de sourire. Sa grimace était presque convaincante, pas suffisamment pour me faire penser qu'elle avait souvent affaire à des humains.

– Je vois…

Je levai un sourcil interrogateur.

– Pardon ?

La vampire balaya d'un geste de la main ma remarque.

– Je m'appelle Érié, je suis le second de Gabriel. Enfin bref, vous le savez déjà. Asseyez-vous, vous ne payerez pas plus cher !

Elle nous désigna les deux fauteuils de cuir brun disposés devant son bureau. Je ne souhaitais pas m'installer et hésitais un moment. Si nous étions attaqués…

– Vous êtes en sécurité jusqu'à ce que nous résolvions cette affaire. Vous êtes sous la protection de Gabriel.

Je la scrutai, ébahi.

– Lisez-vous vraiment dans l'esprit des gens ?

– Oui, mais en l'occurrence votre posture parle pour vous. Je me répète, vous ne risquez rien !

Je rejoignis Nym et pris place à ses côtés, Érié soupira bruyamment.

– Votre Alpha ne vous aurait pas envoyés ici pour affronter la mort. Politiquement parlant, si vous êtes assassinés, votre meute est en droit de punir les coupables et de nous déclarer la guerre. Nous n'avons aucun intérêt à engager un conflit !

J'acquiesçai et essayai de paraître détendu.

– Peut-on en venir au vif du sujet ? demandai-je.

La femme étala plusieurs documents sur son bureau, puis les tourna de façon à ce que nous puissions les étudier. C'était *Armoire à glace*, le type que j'avais soi-disant tué…

– Ces clichés ont été pris juste avant qu'il ne parte en poussière ! Pouvez-vous identifier les blessures que vous avez infligées à cet homme ?

Sa voix était très calme, dépourvue de jugements.

– C'est difficile à dire…

Nym m'observait avec de grands yeux ronds. Je me concentrais davantage sur les photos. Plusieurs morsures couvraient son corps, certaines étaient très profondes. Ce qui me troubla était l'absence totale de régénération. Les hématomes sur son visage n'avaient pas guéri, son bras était cassé et arborait toujours cet angle étrange.

Je fronçai les sourcils.

– Je pense que les traumatismes sur sa face, son cou, son bras et ses côtes sont dus à notre combat, mais je ne l'ai pas mordu une seule fois ! Je me suis servi de mes griffes !

– Hum… Les morsures peuvent provenir de n'importe lequel de nos vampires. Le « Sanguine » n'est pas connue pour la pureté de ses clients.

Je me raclai la gorge, mal à l'aise. Érié reporta immédiatement son attention sur moi.

– Pour ma cause, *Armoire*... votre vampire a agressé mon amie le premier. Je n'ai fait que la défendre, il était hors de question que j'attends sagement qu'il lui fasse du mal pour réagir ! Vous auriez fait de même !

- Aviez-vous l'intention de le tuer ? me demanda-t-elle avec froideur.

– Oui, il allait se repaître du sang de Nym !

Inutile de le nier, certains vampires avaient un aussi bon odorat que le nôtre pour détecter le mensonge. De plus, Érié lisait dans l'esprit des gens. Nym restait silencieuse, son regard évitait le mien, ses mains serraient si fort les accoudoirs que le cuir grinçait sous la pression.

– Bien, cela me rassure !

J'étrécis les yeux avec suspicion.

– Que voulez-vous suggérer ?

La jeune femme s'installa plus confortablement sur son siège.

– Votre espèce fonctionne à l'instinct. Vous n'avez donc pas été manipulé !

Je lançai un nouveau regard à Nym qui avait soudainement repris des couleurs.

– Je ne vous suis pas !

– Cet homme se nomme Marius Fletcher. Il est issu d'une vieille famille de vampires. Chaque année, un nombre restreint d'humains est transformé et chaque année, l'un de leurs descendants fait partie des candidats. Seulement, Gabriel a cru bon de ne plus leur octroyer ce privilège !

– Pourquoi ? demandai-je. Et quel est le rapport avec notre bagarre ?

Le second de Gabriel croisa les mains sur son

bureau, avec ce qui me semblait être une légère touche d'impatience.

– Je vais y venir... La famille Fletcher regroupe à présent quinze individus. Ce sont tous des vampires âgés de deux cents à cinq cents ans, ils vivent tous à Seattle.

– Une petite armée, en quelque sorte... laissa échapper Nym.

– Exactement ! Marissa est l'arrière-petite-fille au cinquième degré de Vlademar Fletcher. Le patriarche clame qu'elle est l'un des membres les plus prometteurs de leur lignée. Je vous passe les détails, mais Gabriel a refusé pour la cinquième année consécutive la candidature de Marissa. Marius était âgé de trois cents ans, il était faible et donc il n'y avait aucun intérêt à le garder en vie. Il aimait le sang et la douleur autant que le reste de sa descendance. Toutefois, comme vous avez pu le constater, il ne faisait pas le poids contre vous ! À son âge, il aurait dû vous arracher la tête sans le moindre effort. Voilà ce qui m'amène à répondre à votre question. Nous ne vous suspectons pas d'avoir tué Marius. Nous soupçonnons la famille Fletcher du meurtre et aussi d'orchestrer une révolte contre notre Prince !

Sa voix s'était faite tranchante comme une lame de rasoir, ses yeux de mercure virèrent au rouge sang.

– Alors, pourquoi sommes-nous ici ? me hasardai-je, sans savoir si c'était une bonne idée.

– Les Fletcher ont déposé une plainte contre vous. Nous étions obligés de vous convoquer.

– Pouvons-nous donc partir ?

Je me levai, trop content d'être enfin libéré.

– Ce n'est pas ce que j'ai dit !

Je fermai les yeux, las, puis me laissai choir de nouveau dans le fauteuil. Nym, elle, n'avait pas bougé d'un centimètre.

– Qu'attendez-vous de nous ?

La vampire lui sourit, elle était encore plus effrayante ainsi.

– Votre audition officielle est dans trois jours. Ce soir, vous logerez dans l'une des salles prévues pour votre court séjour parmi nous, à l'étage inférieur. Tout ce dont vous aurez besoin vous sera fourni. Cependant, je vous demanderai de ne pas vous montrer durant la journée. Nous vous transférerons plus tard dans l'un des hôtels luxueux de Gabriel.

J'avais totalement délaissé la suite de la conversation et laissais mon regard se promener sur l'ensemble de la pièce. Tout était opulent comme le reste du bâtiment. Les moulures du plafond étaient en or. Un tableau fascinant et d'une valeur inestimable y était peint, mettant en scène un couple nu se nourrissant l'un de l'autre. Je détournais la tête pour admirer la vue. Seattle s'étendait sous nos pieds, élégante et majestueuse. Peut-être n'avait-elle pas la beauté de New York, mais dans le fond, peu m'importait. Je n'imaginais ma vie nulle par ailleurs que dans la forêt de mes ancêtres. J'avais l'intime conviction qu'en ville, les gens ne faisaient que courir après l'argent et passaient à côté du bonheur.

– Je ne comprends pas vos agissements !

Les paroles de Nym me ramenèrent à la réalité.

– Il est préférable que vous ne sachiez rien, pour votre propre sécurité. Nous avons simplement besoin de votre totale coopération !

Érié nous libéra sur ces bonnes paroles. Ma frustration était à son comble. Je n'aimais pas ce qui se tramait. Je n'aimais pas rester dans l'ignorance. Je n'aimais pas être coincé dans ce fichu building. Je n'aimais pas les vampires et par-dessus tout je n'aimais pas être si loin du sol !

Bordel de merde, tout est dangereux ici !

Chapitre 9

Je sentis l'humeur de Raphaël se dégrader au fur et à mesure que la nuit avançait. Son malaise était maintenant palpable, son odeur corporelle changeait aussi. Le parfum du feu et des écorces enrobées de chocolat laissait place au fumet âcre de sa frustration. Il faisait les cent pas depuis plus d'une heure et cela commençait à me taper sur le système. Il est vrai que je n'avais pas beaucoup parlé non plus depuis notre arrivée dans la chambre.

Celle-ci était spacieuse, richement décorée d'un mobilier ancien. Rien n'était laissé au hasard. Seul un détail me gênait : il n'y avait qu'un unique lit. La méridienne semblait tout de même confortable...

Lors de notre audition auprès d'Érié, je compris que c'était Raphaël et non Uriel qui m'avait protégée du vampire à la carrure impressionnante. Pourtant, Uriel ne m'avait pas menti dans la villa, je l'aurais senti. J'essayais à plusieurs reprises de demander à Raphaël des précisions, mais mes interrogations refusaient de franchir le seuil de mes lèvres et restaient coincées au fond de ma gorge.

Le loup finit par s'assoir en face de moi. Il déposa deux verres sur la table basse, création sublime d'un designer certainement célèbre, mais dont j'ignorais le nom.

– Whisky ? Ils ne se sont pas moqués de nous ! Je crois que la bouteille seule coûte plus cher que ce que nous portons sur le dos, mais comme nous sommes leurs invités ce soir, autant en profiter.

– Jack sera ravi ! opinai-je.

Raphaël agita une feuille pliée en deux, on y lisait :

« Offerte par la maison.

Gabriel. »

– C'est offert ! Et pour être sincère, cette bouteille m'aidera peut-être à oublier que nous nous trouvons à des centaines de mètres du sol !

Je ne pus m'empêcher de rire.

– Tu as le vertige ! me moquai-je.

– Pas vraiment, mais si tu n'as pas remarqué, il n'y a qu'une seule et unique porte d'entrée et de sortie. Si nous sommes agressés, nous n'avons pas mille façons de nous échapper ! À moins que tu ne saches voler ?

Je m'avachis davantage sur la méridienne, elle était si douce, si confortable avec ses coussins rembourrés à souhait.

– Qui attaquerait la maison mère du clan vampire ?

Il haussa les épaules d'un mouvement las, puis sa tête tomba sur le dossier du fauteuil Louis XV.

– C'est toi qui m'as protégée l'autre soir ?

Je sursautai à ma propre question.

Raphaël se redressa avec une infinie lenteur, ses yeux se posèrent sur moi et me jaugèrent.

– Oui, répondit-il d'une voix basse et suave.

– Merci.

Je pris alors conscience de toute la sensualité du mâle qui me faisait face. Raphaël était immobile, ses paupières ne clignèrent pas une seule fois. Je déglutis, ma gorge étonnamment sèche.

– Va pour un Whisky !

Les lèvres de Raphaël s'ourlèrent avec délice. Un frisson parcourut mon échine jusqu'à la racine de mes cheveux. Je tentais tant bien que mal de garder mon sang-froid, me sermonnant mentalement. La dernière fois, la situation nous avait échappé et surtout avait dérapé. Il se pencha en avant, son sourire séducteur ne s'étant pas effacé un seul instant. Il prit la bouteille, versa l'alcool ambré, puis ajouta deux glaçons.

– Madame est servie !

Je saisis le verre et commençai à faire tournoyer le liquide et la glace. Une question me traversa inopinément l'esprit. Elle n'avait rien à voir avec la conversation, cependant je voulais connaître l'avis de l'homme qui me scrutait toujours avec un charme fou.

– As-tu déjà lu « Le Petit Prince » d'Antoine de Saint Exupéry ?

Le mâle but une gorgée d'alcool, il ferma les yeux pour en savourer chaque arome.

– Un livre plutôt intéressant, pour celui qui sait lire entre les lignes. Elma me l'a offert pour mes huit ans. Je n'ai pas compris tout de suite toute la sagesse qu'il renferme, je le trouvais juste très triste. Et puis, il m'a ouvert au monde… J'ai assimilé que, même si j'avais perdu tout ce qui avait un sens à mes yeux, je pouvais me laisser apprivoiser et créer ainsi d'autres liens… Avoir des amis et aussi une famille !

Je fronçai les sourcils commençant à peine à saisir la subtilité des paroles de Jack lors de notre entretien.

– Que veux-tu dire, par « apprivoiser » ?

Raphaël me sourit avec nostalgie, son regard s'était posé sur son verre, il était plongé dans ses souvenirs...

– *Tu n'es pour moi qu'un petit garçon tout semblable à cent mille petits garçons,* récita mon équipier. *Je n'ai pas besoin de toi, et tu n'as pas besoin de moi non plus. Je ne suis pour toi qu'un renard semblable à cent mille renards.*

Il marqua une pause, agita son verre, puis continua.

– *Mais si tu m'apprivoises, nous aurons besoin l'un de l'autre ! Tu seras pour moi unique au monde et je serai pour toi unique au monde !*

Une nouvelle pause, ses iris plongèrent dans les miens.

– C'est cela, créer des liens !

Ses derniers mots me firent l'effet d'un coup de poing.

– Pourquoi ? le questionnai-je, d'une voix éraillée.

Mon équipier leva un sourcil interrogateur.

– Pourquoi, quoi ?

J'hésitai puis me lançai.

– Après ce qui s'est passé entre nous… dans la forêt, je pensais… je ne pensais pas que tu viendrais à mon secours !

Il sembla décontenancé, mais se ressaisit. Le loup se recula dans son fauteuil et sirota une gorgée de Whisky.

– Je n'ai pas réfléchi à cela sur le moment.

Honnêtement, je fus déçue par sa réponse.

– À vrai dire, ce n'est pas parce que nous n'avons pas encore trouvé notre terrain d'entente que j'ai une mauvaise image de toi ! Je suis très conscient d'avoir ma part de responsabilité dans nos désaccords !

Je ne savais plus quoi en penser. J'étais démunie face à autant de sincérité, enrobée de mystère.

– Sois patiente et un jour, je serai unique à tes yeux.

J'allais répliquer, lui dire enfin ce que j'avais sur le cœur. Toutefois, on frappa à la porte au moment même où j'ouvris la bouche. Raphaël fronça les sourcils, huma l'air.

– Un vampire.

– Bien vu Sherlock !

Il gloussa et se leva.

– Qui est-ce ?

Un court silence nous répondit.

– Je suis Meyline, monsieur. Je suis employée au room service. J'apporte votre repas, monsieur.

Raphaël jeta un œil à la pendule, il était à peine dix-sept heures trente.

– Nous n'avons pas faim, merci.

– Non, mais ça ne va pas bien dans ta tête ! Je crève la dalle moi ! bougonnai-je.

Il posa son index sur sa bouche.

– Quelque chose cloche, chuchota mon équipier. Il est trop tôt pour le service du soir, de plus nous n'avons rien commandé !

– Monsieur, mon Sire sera fâché si je ne vous sers pas le repas ! se plaignit la voix enfantine derrière la porte.

Je soupirai bruyamment, levant les yeux au ciel. Je contournai Raphaël, posai la main sur la poignée.

– Et après tu me dis que c'est moi qui suis méfiante ! Il y a des vampires partout ici ! La sécurité est optimale et Gabriel se trouve actuellement deux étages au-dessus de nous, je fais aussi l'impasse sur son bras droit… Non, mais tu as vu ses yeux !

J'ouvris la porte tout en prononçant ces mots. Je virevoltai sur mes talons pour apercevoir une jeune femme de la taille d'une enfant de douze ans. D'ailleurs, elle en avait l'apparence. Elle me sourit gentiment, me désignant les deux cloches posées sur son chariot.

– Tu vois ! narguai-je le loup en lui tirant la langue malicieusement.

Il esquissa un début de sourire séducteur, puis tout se déroula comme au ralenti. Tout d'abord, l'odeur du sang arriva jusqu'à mes narines. Mon équipier était déjà en train d'étendre son bras pour m'attraper l'épaule. Je me lançai en avant, comprenant que la petite asiatique allait m'agresser.

Déstabilisée, elle mit une fraction de seconde pour reprendre un semblant de contenance. Le loup abattit alors son poing sur son visage sans aucune imperfection. Un autre assaillant, un homme, le percuta de plein fouet, Raphaël fut propulsé brutalement contre l'encadrement.

– Raphaël !

Son arcade saignait abondamment et il me semblait que sa respiration était devenue sifflante. L'une de ses côtes s'était brisée et avait certainement perforé le poumon.

– Recule !

Je perdis le reste de mon sang froid au moment où la femme tenta de poignarder mon équipier.

– Tu ne le toucheras pas, pétasse !

Mon pied heurta son plexus, l'envoyant s'échouer contre le mur opposé du couloir. Un craquement sonore retentit, je devais bien l'avouer, j'étais assez fière de moi. Je me retournai en entendant les bruits distincts du combat. Quelques objets précieux s'étaient brisés sur le sol. J'entrai précipitamment, Raphaël avait du mal à parer les coups, son bras gauche maintenait sa cage thoracique. Les mouvements du vampire étaient bien trop rapides, et ainsi blessé, Raphaël n'avait aucune chance. L'assaillant sortit des griffes aussi longues que celle d'un tigre et il lacéra la poitrine du loup. Des larmes de douleur baignèrent ses yeux émeraude. Je m'interposai à temps, pour contrer un nouvel assaut. Sa vélocité était impressionnante, j'eus juste le temps d'attraper son pied alors qu'il m'attaqua. Je le tordis de toutes mes forces. L'homme exécuta une pirouette acrobatique digne d'un film d'arts martiaux, je crus toutefois déceler un craquement. Quand il se réceptionna, le vampire ne prit pas appui sur sa jambe blessée.

- Nym ! s'inquiéta mon équipier.

- *Préviens Érié ! hurlai-je mentalement, priant pour qu'il m'entende cette fois encore.*

L'homme se jeta sur moi, nous chutions durement sur le sol. Je le maintins par les bras, tandis qu'il tenta à plusieurs reprises de me mordre. Je fus surprise par sa force monstrueuse, j'arrivais à peine à le bloquer alors que sa posture lui était défavorable.

– Sale bête !

La puissance du vampire était colossale. Mes bras tremblaient dans un ultime effort pour le repousser, mes biceps me brûlaient… Demain, si nous sommes toujours en vie, je suis certaine de découvrir de nouveaux muscles dont je ne soupçonne même pas l'existence.

L'homme se dégagea soudainement, roula sur le côté et me chevaucha. Mes mains étaient maintenant prisonnières de sa poigne. J'agitai les jambes dans tous les sens. C'était le seul recours que j'avais trouvé pour le déséquilibrer, ce qui le fit rire aux éclats.

– J'aime les femmes qui crient quand je les prends ! C'est tellement mieux sans leur consentement, cela me rappelle la belle époque !

Il plongea sa tête dans mon cou, mais soudainement se pétrifia. Une lame traversa alors sa poitrine, embrochant son cœur.

- Brise lui la… nuque ! souffla Raphaël en se laissant tomber sur le parquet.

Je m'exécutai sans plus attendre, bien trop heureuse de mettre un terme aux hostilités. Le vampire n'en mourrait certainement pas, toutefois cela l'immobiliserait encore un moment. Pour l'instant, l'homme était inconscient.

- Tom ! hurla l'Asiatique.

Ses prunelles viraient au rouge rubis, elles luisaient d'une rage folle. Elle siffla tel un chat en furie et en un éclair, la sangsue se releva et nous sauta dessus. Je voulus me redresser à mon tour, mais mes pieds se dérobèrent sous mon poids. Dans le feu de l'action, je m'étais brisé la cheville. Je fermai les yeux.

Est-ce ainsi que je vais mourir ?

Unique à mes yeux

Un froid mordant s'insinua dans la chambre, les vitres des fenêtres émirent d'étranges craquements lorsque la glace les recouvrit. Ma vision se troubla quelques secondes, je luttais pour ne pas tomber dans les pommes. Mes côtes me faisaient souffrir le martyre. Quand je rouvris les paupières, Érié se trouvait debout devant Nym. Son bras était tendu vers le ciel, sa main serrait la gorge de la femme enfant qui s'agitait frénétiquement pour se libérer de la prise mortelle de l'autre vampire. Dans un effort désespéré, elle tenta d'asséner des coups de pied sur le visage du second de Gabriel. Érié l'attrapa au niveau du tibia et le tordit d'un coup sec, le brisant en deux, puis elle sectionna le tendon de son autre jambe. L'Asiatique hurla de douleur et de détresse.

– Je te conseille de souffrir en silence, si tu ne veux pas que je t'arrache la langue !

La petite vampire arrêta immédiatement de crier. La peur m'envahit à mon tour, l'aura du second de Gabriel était écrasante. Une brume se forma autour des deux femmes. La température de la pièce chuta encore de plusieurs degrés.

La louve avait elle aussi porté ses mains à son visage comme pour se protéger.

– Qui t'envoie ? continua-t-elle comme si nous n'existions pas.

Je rampais sur le parquet, incapable de me relever. Le goût métallique du sang emplissait ma bouche. Érié tourna la tête, me regarda, puis leva les yeux au ciel.

– Je viens d'appeler un guérisseur, nous informa-t-elle. Tenez bon, il arrive. Toi, parle ! somma-t-elle en secouant une nouvelle fois l'Asiatique.

– Personne, murmura-t-elle.

Érié resserra sa prise, écrasant la trachée de sa victime.

– Réfléchis mieux que cela !

Elle jeta le corps disloqué de la femme sur le fauteuil où je m'étais assis quelques minutes plus tôt.

– Tu oses défier ton maître sous son toit !

La femme enfant cracha, manqua de peu la chaussure d'Érié qui avait enlevé son pied à une vitesse surhumaine.

– Il n'est pas mon maître ! Il est temps que le pouvoir change de main !

Érié sourit... C'était terrifiant, il n'y avait rien d'humain dans son expression.

– Oh vraiment ? Je vais te montrer pourquoi Gabriel détient les rênes de ce continent !

Érié se pencha et d'un mouvement brutal lui arracha un bras. Aucun cri ne sortit de la bouche de la vampire, elle s'était évanouie. Son sang aspergeait en de petits jets réguliers le sol luxueux, à présent en bien piètre état. Le second se retourna, son tailleur était toujours impeccable, aucune gouttelette ne l'avait atteinte.

– Je suis navrée de ces désagréments. Nous ferons en sorte de vous dédommager et je pense que nous aurons suffisamment de preuves pour vous disculper.

Elle se pencha sur moi, me souleva avec une extrême délicatesse, puis m'emporta dans la chambre attenante. Elle me déposa avec douceur sur le lit.

Je crois n'avoir jamais eu aussi honte de ma vie !

– Nym !

– Elle nous suit, difficilement, mais elle arrive ! Nos guérisseurs vont vous remettre sur pieds en moins de temps qu'il vous faut pour prononcer le prénom de votre amie !

Elle tint parole, les soigneurs étaient tous des vampires ou quelque chose se rapprochant. J'avais bien des côtes cassées, mais heureusement, elles n'avaient pas perforé le poumon. Trois heures plus tard, bien que couverts d'ecchymoses, nous déambulions normalement. On nous avait attribué une autre chambre et des gardes étaient postés au bout du couloir. J'aurais aimé partir sur-le-champ, mais Érié nous demanda de passer la nuit sur place afin d'assurer notre protection.

– L'aube sera rouge sang ! avait-elle simplement dit.

ↃOↄ

La nuit était tombée sur la ville de Seattle. Le panorama du haut de « Columbia Center » était tout bonnement éblouissant. Nymrasis avait récupéré depuis bien longtemps et se tenait devant la gigantesque baie vitrée. Je sortis du lit avec précaution pour la rejoindre.

– J'aime le spectacle que nous offrent les étoiles et la forêt endormie, mais je n'ai jamais rien vu de tel !

Nym me sourit timidement.

– Tu dois rester alité !

Je haussai les épaules, me rappelant au passage que quelques heures auparavant, j'avais des côtes cassées. Je m'en fichais éperdument. Le besoin viscéral de la prendre dans mes bras me poussait à agir. Mon loup grondait d'impatience. Je tendis la main et caressai le haut de ses reins. La louve sursauta, surprise par mon geste. Alors je l'attirais à moi avant qu'elle ne change d'avis et ne se soustraie à mon étreinte. Je posais ma tête dans le creux de son cou, humais son parfum. J'aimais son odeur sauvage, un mélange de bois de cèdre, de fleurs de tiaré et de sauge blanche. Je me pressais davantage contre son corps, elle frémit et se tortilla nerveusement. Je redressais subitement la tête, de peur de l'avoir blessée ou offensée. Son visage rougissait adorablement sous le coup de l'émotion. Rassuré, je me permis un baiser sur son front. Son souffle se fit saccader, je souris niaisement. J'entrepris de parcourir chaque centimètre de son corps, le recouvrant de baisers.

– Laisse-moi te caresser, murmurai-je à son oreille.

– Oui, soupira-t-elle pour toute réponse.

Nym bascula la tête en arrière, me laissant le champ libre pour me pencher en avant et embrasser la naissance de ses seins. Ses doigts agrippèrent fermement mes cheveux, me laissant explorer son corps à ma guise. Néanmoins, elle aurait une prise pour me repousser si nécessaire. Je ne comptais pas réitérer les mêmes erreurs du passé, mon loup ne voulait pas qu'elle nous rejette une seconde fois.

Je soulevai le pan de son t-shirt que j'envoyai valser, puis entrepris de défaire le bouton de son jean. Elle me laissa faire, ses yeux s'emplirent d'une soif sans limites. Mon membre se raidit sous le spectacle que Nym m'offrait. Elle était telle que je l'avais rêvée, athlétique, belle et sauvage. Je pris l'un de ses seins dans ma main et titillai son téton.

Elle gémit de plaisir, mon désir redoubla d'intensité. Mes doigts atteignaient tout juste le petit mont entre ses cuisses quand elle attrapa mon poignet.

— Non, chuchota la louve, le souffle court.

Mon sang se glaça, à contrecœur, je levai les bras en l'air.

Veut-elle se venger ?

J'émis un grognement sonore de frustration.

- Tu es dure ! déclarai-je.

— Toi aussi !

Je baissai les yeux sur la bosse apparente sous mon jean.

Elle rit, je ne l'avais jamais vue ainsi. Elle était nue, pas seulement physiquement… Je pris alors conscience à quel point, je pouvais la blesser ce soir si je n'y prêtais pas garde.

— Tu as assez joué ! C'est à moi de m'amuser un peu !

Elle posa ses mains sur mon torse, me fit reculer de

quelques pas, mes jambes heurtaient le lit. Sans prononcer un mot, elle enleva mon t-shirt, déboutonna mon jean qui s'échoua sur le sol, très vite suivi de mon caleçon ainsi que de ses propres vêtements.

Son regard s'attarda un moment sur mon érection.

- Un souci ? hasardai-je inquiet.

– De taille...

J'émis un étrange glapissement, ce qui la rendit hilare. Elle me poussa d'un geste, je perdis l'équilibre et atterris sur le lit. Je désirais me relever cependant, Nym m'avait déjà chevauché avec une gracieuse agilité. Des mèches chocolat tombèrent devant ses yeux. Elle les repoussa sur son épaule et de sa main libre, me maintenait à sa merci.

Ses lèvres effleurèrent ma jugulaire, accélérant mon pouls de façon anormale. Je la laissai mener la danse. Contrairement aux autres femmes, j'avais une confiance aveugle en Nym. La jeune femme donna un petit coup de langue juste en dessous de mon nombril. Dans un spasme, je la désarçonnai, elle bascula en avant. Son intimité était maintenant à quelques centimètres à peine de ma bouche. Ses mains saisirent mes poignets pour m'empêcher de bouger. Je relevai la tête, plongeant mon regard dans le sien.

– Je n'ai pas besoin de mes mains pour te donner du plaisir, tu sais !

Ma langue atteignit son clitoris avant qu'elle se redresse. Elle lâcha sa prise, j'en profitai pour empoigner ses fesses rebondies et ainsi la maintenir en place. La louve hoqueta de plaisir. Chacune de mes caresses la faisait tressaillir et gémir, accentuant toujours plus mon désir.

Nym se pencha en avant, je la relâchai la laissant à nouveau prendre les rênes du jeu. Elle m'embrassa avec passion, son bassin s'agitant de haut en bas, caressant mon sexe déjà sensible. Je voulus la faire basculer sur le côté, ma patience arrivait à ses limites. Seulement, la louve resta campée sur ses positions, son sourire s'élargit.

– C'est moi qui mène la danse, cette fois-ci !

Je grondai de frustration et avant même que je ne proteste, elle m'empoigna et me fit pénétrer en elle. Un éclair de plaisir me traversa de part en part, son intimité était douce, chaude et étroite. Elle imprima des mouvements de va-et-vient lents qui me rendirent fou. Mes doigts jouèrent avec sa chevelure aux boucles soyeuses.

Elle était belle, si loin des critères actuels de la société. Elle était trop féroce, trop indépendante pour rentrer dans un moule. Elle n'avait rien en commun avec ces femmes mignonnes et dociles. Ce soir, sous les lumières de la ville, elle était sublime !

Je ne tenais plus. D'un mouvement vif du bassin, j'imposais à Nym un rythme plus soutenu. Elle ne s'en plaignit pas. Je me redressais, déposant un baiser entre ses seins généreux, puis l'embrassais avec une fougue redoublée. Nous jouîmes ensemble et ce fut pour moi le plus beau moment de ma vie.

Après cette explosion de plaisirs, nous nous laissâmes glisser sous les draps, nos corps toujours soudés l'un à l'autre. Sa tête reposait désormais sur mon épaule.

Ses yeux de mercure liquide, ceux de sa louve, m'observaient à moitié endormis. Dans un demi-sommeil, je réalisais que mon loup était satisfait, rassasié. Il n'avait pas tenté de soumettre encore ma partenaire. Pour la première fois depuis des semaines, il était calme, nous étions en harmonie. Je compris alors qu'il n'avait jamais cessé de se battre contre moi. Je m'étais simplement habitué à son comportement. À présent, Nym était à mes côtés et je découvrais pourquoi je perdais sans arrêt le contrôle ces derniers temps.

– Je ne laisserai plus aucun mâle t'approcher. Tu es à mes yeux unique au monde, déclarai-je dans un élan de confiance.

La louve, proche du sommeil, me scrutait maintenant avec ébahissement. Elle resta ainsi quelques secondes qui me parurent une éternité. Ma confiance en moi descendit en flèche au fond de mes chaussettes. J'allais détourner le regard, faire comme si je n'avais rien dit, mais ses doigts agrippèrent mon menton et ses lèvres séductrices s'écrasèrent contre les miennes.

Chapitre 10

É rié nous avait convoqués le lendemain, un peu

avant midi. Je ne sais trop pourquoi, elle paraissait d'excellente humeur. Elle nous expliqua que la vampire asiatique et son complice étaient de fidèles partisans du clan Fletcher. Leur attaque était orchestrée par le patriarche de la famille en vue de nous faire taire avant l'interrogatoire officiel où eux-mêmes étaient assignés. Je me dis que ce n'était pas très intelligent de leur part d'agir ainsi néanmoins, le second de Gabriel me fit remarquer qu'au contraire ils avaient été avisés. Vlademar avait conscience que le Prince enverrait des hommes pour étouffer la rébellion dans l'œuf. Il avait donc pris la poudre d'escampette bien avant notre attaque. Marissa était introuvable, Érié pensait que Vlad l'avait transformée contre la volonté de son seigneur et maître.

Le second de Gabriel ne nous exposa pas les détails et ne nous informa pas plus de ce qui couvait derrière cette insurrection. La vampire avait simplement ajouté qu'ils avaient répandu la rumeur de notre mort suite à l'attaque et nous offraient ainsi la liberté de revenir à Seattle, sans courir aucun risque.

En fin d'après-midi, nous étions rentrés à la maison. Jack était ravi et nous accueillit avec beaucoup plus d'enthousiasme que je ne l'aurais cru possible. Après tout, la famille Bennett avait élevé Raphaël alors il était normal qu'il soit soulagé par son retour.

– Je vais faire mon rapport à Jack et je dois voir Will ! Je ne sais pas quand j'aurais fini…

Je sentis une chaleur se propager dans tout mon corps.

– Ce n'est pas grave, je dois régler certaines choses moi aussi !

Mon équipier tendit la main et caressa du dos de son index la courbe de ma joue. Je penchai la tête, appuyant sa marque d'affection. C'était si nouveau, si beau que mon cœur allait sûrement éclater. J'étais comme dans un rêve… J'avais si peur de me réveiller subitement.

– À demain.

Raphaël s'inclina et déposa un baiser sur mon front.

Jack nous observait en silence, un sourire satisfait accroché à ses lèvres. Je n'étais pas de nature démonstrative, alors je n'eus aucun regret que mon partenaire ne m'embrasse pas fougueusement en public. Je le remerciai intérieurement pour sa retenue.

– À demain, répondis-je.

Je regardai les deux hommes s'éloigner. Raphaël donna un coup de coude à notre Alpha comme s'il s'agissait d'un ami. Il était difficile de le dire, mais je crus voir, ses oreilles rougirent avant qu'il n'ébouriffe ses cheveux.

Quant à moi, je pris la direction opposée et m'enfonçai plus profondément dans le village. Ma peau me brûlait de façon anormale, à l'endroit même où Raphaël m'avait effleurée quelques minutes plus tôt. Je me frottai la joue pour effacer cette sensation, mais rien n'y fit. Je ne compris pas ce vide qui vint s'emparer de mon cœur, comme si plus rien au monde n'avait d'importance.

Je devais passer devant la maison de Gildas pour atteindre ma destination. Je croisais donc les doigts pour ne pas me trouver nez à nez avec Uriel. Malheureusement, le jeune homme rentrait chez lui à ce moment-là.

–Ooh! Bonjour Nym.

Je levai la main en guise de salut.

– Bonjour !

Le loup avait l'air soucieux. Je ne pus m'empêcher de lui demander ce qui le tracassait.

– J'ai rencontré ton équipier à l'instant. Il m'a conseillé de ne pas t'approcher, du moins, d'éviter d'aller à ton contact durant les semaines à venir !

Je baissais les yeux, n'arrivant plus à soutenir son regard. Il flaira l'air, fronça le nez.

– Tu portes son odeur !

– Oui.

Quand je redressais la tête, son visage reflétait la surprise.

– Il ne m'a rien dit !

– Je suppose qu'il n'a pas besoin…

Le loup hésita.

– Je ne l'apprécie pas, mais c'est un type bien. Sois heureuse !

Je lui souris amicalement, Uriel me salua et partit précipitamment.

Je poursuivis mon chemin un peu plus en avant. Je me dirigeais à l'opposé de mon appartement vers le domicile familial.

La maison de mes parents s'étendait sur les branches d'un des arbres géants du village. La terrasse en bois était reliée à plusieurs pontons. Ce n'était pas la demeure de mon enfance, mes parents avaient déménagé peu de temps après mon départ. Ils préféraient vivre dans un espace plus réduit et laisser aux nouveaux parents de la meute un logement plus spacieux pour élever un enfant. Mes géniteurs étaient bien plus vieux que Jack ou Gilbert. Ils avaient aussi eu beaucoup moins de patience pour mon éducation. J'étais fille unique et ne le regrettais pas. J'avais déjà bien assez de mal à supporter, ma mère. Mes parents n'étaient pas âmes-jumelles et ils refusaient de comprendre pourquoi je ne choisissais pas rapidement un compagnon convenable ou plutôt qui serait assez patient pour me tolérer.

Je frappais à la porte sans réfléchir, mais maintenant que j'entendais les pas précipités de ma mère, mon courage flambait à vue d'œil. Elle ouvrit, se figea en m'apercevant. C'était une femme de petite taille au visage en forme de cœur et à la silhouette généreuse. Maman cuisinait très bien et cela se voyait. Ses cheveux chocolat étaient toujours bien coiffés, en un chignon sévère.

- Enfin ! s'exclama ma mère avec enthousiasme. Tu te décides à venir nous l'annoncer !

Je fronçais les sourcils sous l'incompréhension. Je n'avais jamais eu beaucoup de liens avec ma mère ni avec mon père d'ailleurs, en partie parce qu'ils étaient tous deux des loups soumis.

– Je ne...

– Entre !

Elle ouvrit davantage la porte tout en me désignant l'intérieur. Mon paternel était sur le canapé et lisait un livre. C'était la première fois que je pénétrai dans les lieux. D'ordinaire, c'était ma mère qui me rendait visite. La plupart du temps pour savoir si un mâle avait eu l'honneur de partager ma couche, et si possible ma vie. Autant dire qu'elle repartait éternellement déçue.

– Nymrasis ! Quelle surprise !

Mon père mentait très mal, et son étonnement soudain démentait la réalité... Ils m'attendaient plus tôt apparemment.

– Bonjour, papa.

Ce que m'avait dévoilé Raphaël sur ses parents m'avait fait réagir. Lui aurait aimé avoir encore sa famille, pour le voir devenir un homme, un père.

Je m'installais à table, ma mère avait fait du thé et rapporta la théière en fonte ainsi qu'une nouvelle tasse.

– On t'écoute !

– Je...

Ma mère avait joint ses mains, son menton reposait sur celles-ci.

– Bon OK, tu me perturbes ! Tu attends quoi ?

demandai-je un peu trop abruptement.

Elle sursauta, plissa les yeux.

– Allons, Nymrasis !

– Nym.

– Je ne t'ai pas appelée Nymrasis pour que tu t'affubles d'un surnom ridicule ! J'attends que tu m'annonces la bonne nouvelle… Il est déjà venu nous voir, mais j'attends que tu nous l'annonces toi-même !

Je secouais la tête, je ne comprenais rien à ce que me baragouinait ma mère.

– Quoi ? Raphaël ?

Je me repris aussitôt, mon partenaire n'aurait jamais eu le temps. Pour être honnête, je le soupçonnais de ne pas demander la permission de quoi que ce soit à mes parents. Ma mère parut choquée par ma question.

– Le fils de Gildas, Uriel ! Allons !

Cette fois, c'était à mon tour d'être stupéfaite.

– Et que vous a-t-il annoncé ?

Mes parents se regardèrent sans dire un mot.

– Vous aussi, vous pouvez communiquer mentalement !

– Bien sûr que non ! Seules les âmes jumelles peuvent le faire sans passer par le lien de meute !

Pourtant, nous avions parlé ensemble Raphaël et moi…

Mon cœur s'emballa, était-ce pour cela ? Était-ce pour cela que seuls les mots de Raphaël m'atteignaient, me blessaient ou me réconfortaient ? Était-ce pour cela que les avances d'Uriel ne m'avaient pas touchée ?

Je comprenais beaucoup de choses à présent. Le désir de rejoindre l'homme qui était tout pour moi se faisait de plus en plus pressant. Je devais être enfin honnête avec lui et me jeter à l'eau, sans craindre de me noyer. Nous avions beaucoup à découvrir l'un de l'autre, sans plus nous déchirer.

– Uriel est venu nous demander ta main ! Comme tu n'as pas l'air de comprendre ce que cela représente, j'ai accepté ! continua ma mère sans tenir davantage attention à mes propos.

La colère me submergea, après, un énorme effort... elle retomba. Heureusement que j'avais d'abord croisé Uriel avant de rendre visite à mes parents. Je n'aurais su comment agir face à lui après cet aveu.

– Dommage, mais je ne peux répondre à ses attentes ni aux vôtres !

Ma mère s'étouffa avec une gorgée de thé. Je priais les Dieux et Déesses de m'octroyer de la patience, car ce n'était pas mon point fort.

– Maman, écoute, dis-je. Je ne te demande pas de construire ma vie. Je peux la gérer seule.

– Mais...

Je levai brusquement la main, pour lui clouer le bec de suite.

– Non, laisse-moi finir. Après tu pourras hurler, vociférer, me traiter d'idiote ou d'irresponsable, mais seulement après. OK ?

Je marquais une pause pour lui donner le temps d'assimiler la situation. Voyant qu'elle n'ajoutait rien, bien que son regard me fasse comprendre le contraire, je continuais donc sur ma lancée.

– Bien ! Comme je le disais, je suis une grande fille. Je mène l'existence qui me convient et c'est une vie de chasseuse ! Jack me confie des missions plus ou moins importantes et que vous le vouliez ou non, je suis une femelle dominante. Oui, j'ai un caractère difficile ! J'ai aussi des amis qui m'acceptent telle que je suis. Uriel est un mâle dominant et un bon parti cependant, il n'est pas mon âme jumelle. Je préfère encore rester seule plutôt que d'être avec une personne qui ne me comprend pas entièrement ! J'ai le temps, j'ai à peine trente ans. Quant à nous...

Je regardais ma mère et mon père à tour de rôle.

– Je pense que nous avons beaucoup de temps à rattraper. Je n'ai pas été très présente pour vous. J'ai simplement besoin de votre soutien, que vous soyez heureux pour moi, car je le suis ! Maman, tu n'as pas à te faire un sang d'encre pour moi chaque seconde. Je veux juste que nous partagions d'agréables moments ensemble, autour d'un thé ou d'un bon repas.

Le silence s'installa entre nous, un silence qui me parut une éternité. Je m'attendais à des cris, pourtant, ils ne vinrent pas et cela me déstabilisa.

– Tu as raison, finit-elle par avouer. J'ai été trop protectrice avec toi, même quand tu étais enfant tu n'aimais pas cela... Tu étais déjà si indépendante !

Une larme solitaire coula le long de sa joue, la culpabilité me tordit l'estomac.

– Nous pourrions peut-être manger ensemble, le week-end prochain ? J'ai quelqu'un à vous présenter.

Mon père me sourit, peut-être le premier véritable sourire depuis des années.

– Oui ! Oui, c'est une bonne idée ! Viens, nous mangerons dehors.

Je sortis de la maison « perchée » une demi-heure plus tard. L'ambiance était encore un peu tendue, mais j'étais ravie d'avoir enfin percé l'abcès. Peut-être n'aurons-nous jamais de réels atomes crochus toutefois, j'avais conscience que mes parents faisaient eux aussi des efforts pour me comprendre et cela me suffisait. Mon cœur était soudainement plus léger, j'étais heureuse.

Il ne manquait plus qu'une seule chose à mon bonheur.

– Raphaël…

Entre feu et glace

J e ressentis le manque, immédiatement après

l'avoir quittée. Jack avait beau me taquiner sur ma soudaine tendresse envers ma coéquipière, je n'arrivais plus vraiment à me concentrer et mon Alpha le remarqua. Il arrêta de me rapporter les conclusions que Gabriel lui avait transmises.

    – Elma a besoin d'une plante qui se trouve non loin du glacier « Peak Wilderness ». Je pense que toi et Nym devriez reconnaître cette plante assez facilement. C'est votre prochaine mission !

La demande de Jack me surprit.

– Nous sommes tout juste rentrés au bercail !

– Oui, mais pour la sécurité des mâles de la meute, il est préférable que vous repartiez assez rapidement. Demain, en fait !

Je baissais les yeux, penaud. Jack ne l'énonçait pas clairement, mais il avait raison. Dans la situation actuelle, si un autre mâle s'approchait de Nym...

En parlant du loup, le Nouveau arriva interrompant notre discussion.

– Je vois que vous êtes rentrés, cela tombe bien, je compte inviter Nymrasis à diner !

Mon loup s'écrasa contre les parois de mon esprit, il était furieux, et moi aussi. L'Alpha ne dit rien, il se contenta de m'observer, l'air grave. J'inspirais profondément, tentant de faire entendre raison à mon loup qui s'était attelé à mastiquer mon self-control.

– Uriel, je pense qu'il serait judicieux que tu ne t'approches plus de Nym durant les prochaines semaines.

– Ce n'est pas ce que nous avions convenu, alors, à moins que tu n'...

– Ce dont nous avons convenu m'importe peu, le coupai-je froidement. Elle est mienne !

Je me tournais vers Jack.

– Tu as raison, il est préférable que nous ne demeurions pas longtemps au sein du village !

Le Nouveau allait répliquer, mais l'Alpha l'arrêta d'un simple regard en coin.

– D'ordinaire, je vous aurais laissé régler cela entre vous. Cependant, aujourd'hui, il est mieux que tu rentres directement chez toi, Uriel. Ne fais pas de détours et ne t'approche pas de Nym !

Ledit concerné acquiesça, me toisa avec fureur, puis tourna les talons.

Mon Alpha me libéra quelques minutes plus tard. La nuit avait étendu son voile d'obscurité sur le monde. Les étoiles brillaient comme des petites lanternes dans le ciel. Les animaux nocturnes commençaient tout juste à pointer le bout de leur nez.

Je n'avais qu'un unique désir : rejoindre ma partenaire. Avec un peu de chance, elle serait encore debout. Seulement, j'avais un problème de taille à régler avant. Je lui envoyais donc un SMS pour la prévenir de notre départ fixé au petit matin, puis je me dirigeais vers la tanière de Will.

Une lumière tamisée éclairait son appartement, mon ami n'aimait pas les ampoules électriques. Je gravis les marches, et frappai à la porte. Il ne me fit pas attendre. Je savais qu'il avait détecté ma signature mentale quelques minutes avant mon arrivée.

– Je suis content que tu sois de retour, je commençais à me faire du souci.

Will me prit dans ses bras à la façon d'un frère.

– Je suis plus coriace que tu ne le penses. Par contre, je crois que tu viens de me fracturer de nouveau les côtes, rigolai-je.

Son sourire s'étira jusqu'à ses oreilles.

– Entre !

Il retourna en cuisine sans plus attendre, je refermai la porte derrière moi. Trois vieilles lampes à huile traînaient çà et là dans la pièce.

– Je peux affirmer que tu as passé un cap… Tu es plus vieux que tante Haley !

Haley Black, ou tante Haley pour les intimes était la sœur du père de Gilbert, le Bêta de notre meute. Haley était la doyenne du clan et une figure d'autorité. Si je me souvenais bien, tante Haley avait presque quatre cent quatre-vingt-dix ans. Autant dire qu'elle avait fait la guerre !

– Ce genre d'éclairage me repose ! bougonna mon ami. Et si tu me racontais ce qui s'est déroulé depuis que nous vous avons laissé tous les deux !

Son ton était moqueur. Je lui souris et entamai un récit plus ou moins détaillé. Je ne m'étendis pas sur la nuit torride que Nym et moi avions vécue. Le simple fait d'y penser me donnait des frissons et une incroyable envie de rejoindre la louve sous ses draps. Seulement, elle n'était pas encore mienne.

– Tu ne me confies pas tout, je le vois dans le fond de tes yeux, enfin ceux de ton loup !

Je clignais frénétiquement des paupières, essayant de me faire violence.

– Je… je ne sais pas comment faire pour…

Will posa deux verres de bourbon sur le comptoir, il m'asséna une tape sur l'épaule afin de me motiver.

– Ne me dis pas que tu as encore foiré avec Nym, s'il te plait !

Je déglutis, surpris.

– Je n'ai pas… encore foiré, répétai-je. Attends, depuis combien de temps, le sais-tu ?

Une moue gênée se dessina sur son visage, ses yeux dorés accrochant la lumière.

– C'est devenu une évidence depuis que vous êtes rentrés de la chasse !

Le dos de ma main me démangeait soudainement.

– Que veux-tu dire par « évidence » ?

Will se gratta la tête d'un air détaché qui collait mal à sa personnalité.

– Et bien avant, j'ai remarqué quelques œillades… et puis tu as perdu complètement les pédales lors de notre dernier entraînement !

Je restais perplexe, car maintenant que William mettait le doigt dessus, je devais bien avouer que Nym m'avait toujours intéressé. Son attitude glaciale et ma fierté de mâle dominant m'avaient simplement empêché de l'accoster par le passé. Jack m'avait offert le luxe de pouvoir engager le dialogue avec celle qui était devenue ma partenaire.

– Et tu m'as laissé patauger dans la mélasse comme un crétin pendant tout ce temps !

Will éclata de rire.

– C'était bien trop marrant au début ! Après, comme cela ne se déroulait pas très bien, j'ai eu peur que tu ne te braques si je te parlais d'elle. Je ne voulais pas jouer les entremetteurs, vous l'auriez mal encaissé tous les deux !

Je pris un peu de temps pour réfléchir. Il avait raison, je n'étais pas prêt à entendre ou même avouer qu'elle me plaisait, elle, cette femme au caractère indomptable.

– J'aimerais faire les choses bien, mais elle est si dominante qu'elle ne me laissera jamais entamer la parade nuptiale. J'ai peur de la blesser, qu'elle pense que je souhaite la soumettre.

La parade nuptiale était une façon de se lier corps et âme à son compagnon. L'équivalent d'une demande en mariage chez les humains, en plus mystique. Quand la parade nuptiale était amorcée, le retour en arrière n'était plus possible sauf pour les couples de lycanthropes n'ayant pas rencontré leur âme-jumelle.

Voilà, je l'avais admis et bizarrement, je me sentais soulagé.

Will porta son verre à sa bouche, but une gorgée de Bourbon, puis le reposa un peu trop brusquement. Son sourire ne s'était pas effacé, cependant, il s'était fait triste.

— Je ne suis pas sûr d'être le mieux placé pour t'aider… Je n'ai pas trouvé chaussure à mon pied ou du moins je l'ai égarée, il y a quelque temps déjà.

Je lui lançai un regard interrogateur.

— Comment cela ?

— Je ressens de plus en plus le vide qu'elle a laissé.

— Qui ?

— Peu importe, on ne parle pas de moi ! Écoute, je pense que si vos sentiments sont réciproques…

J'allais l'interrompre, soudainement moins confiant.

— Et je sens que c'est le cas ! continua-t-il. Arrête de te poser autant de questions ! Elma dirait « fais ce que ton cœur te demande d'accomplir, car il n'y a que lui qui sait ce qui est préférable pour toi ! »

— Tu deviens philosophe maintenant !

Je soupirais, je n'étais pas sûr d'avoir toutes les cartes en mains pour bien faire, mais je n'avais pas mieux.

— Père est de meilleurs conseils que moi. Il est trop heureux de vous voir vous tourner autour !

Mes oreilles me brûlèrent. Apparemment, le Bourbon était plus fort qu'il n'y paressait, enfin, c'est ce que je voulus croire.

— Non, tu as raison, je dois me lancer !

Mais entre le dire et le faire, c'était deux choses très différentes.

つOC

J'attendais Nym devant son appartement, j'avais hésité quelques secondes avant de frapper. Cela ne fut pas nécessaire, la louve avait ouvert la porte et me percuta de plein fouet, manquant de me faire perdre l'équilibre. Elle était vêtue d'une simple tunique bleue qui mettait ses formes généreuses en valeur.

Nous n'avions besoin de rien, une maisonnette avait été construite quelques années auparavant pour les loups qui souhaitaient un peu de solitude. Tout se trouvait sur place, des vêtements et les équipements de survie. En ce qui concerne notre alimentation, nous chasserions pendant le trajet jusqu'au glacier.

Une demi-journée de course était nécessaire pour arriver à la cabane. Elma voulait une fleur sauvage qui se situait dans les environs de « Peak Wilderness ». Je n'étais pas certain que l'Ancienne eut véritablement besoin de cette fleur ou si Jack désirait simplement nous éloigner de la meute. Toutefois, je ne pinaillai pas. Cela m'arrangeait et j'avais le cul entre deux chaises. Nym n'était pas ma compagne et Uriel rôdait dans les parages, ce qui mettait à dure épreuve ma patience et me donnait de sérieuses envies de meurtre.

- Prêt ? me demanda Nym.

Je m'aperçus alors que je la serrai toujours dans mes bras. Je la relâchai lentement, elle sembla déçue. Je m'empressai de déposer un baiser sur son front.

– Partons !

Nous rencontrâmes Elma à l'orée de la forêt. Elle était en pleine discussion avec une magnifique renarde. Celle-ci paraissait l'écouter avec une extrême attention, puis elle sauta sur l'épaule de l'Ancienne et s'installa autour de son cou. La vieille sorcière vacilla, éclata d'un rire cristallin, et se tourna dans notre direction.

– Vous avez effrayé mon amie !

L'Ancienne fit un clin d'œil à Nym qui était subjuguée par le spectacle.

– Amusez-vous bien, tous les deux !

Sans plus attendre, Elma se détourna et se dirigea vers le village tout en caressant la tête de l'animal. Je l'entendis alors murmurer à l'intention de son acolyte :

– Je pense que ces deux nigauds ont enfin…

Je ne saisis pas la fin de sa phrase, mais la renarde glapit joyeusement.

– Elle est forte cette Elma, elle a toujours un coup d'avance !

Je ne compris pas ce que voulait dire Nym à ce moment-là, car la jeune femme s'était transformée avant que je ne puisse lui poser la moindre question.

Mon loup était bien trop content de jouer et poursuivre la louve brune à travers la végétation luxuriante de la forêt.

Sa fourrure était dense et soyeuse, dans les tons de roux et de chocolat, parsemé de quelques taches noires. Sa taille était dans la moyenne, je ne la dépassais que de vingt centimètres à peine.

Je m'amusais réellement, je m'aperçus que cela faisait des années que je ne m'étais pas laissé aller ainsi. En réalité, j'étais toujours sur la réserve, tout en donnant ma confiance à ceux que j'aimais. Cependant, rien n'était comparable à ce jour, je me sentais enfin heureux.

– *Nous devrions chasser quelque chose pour ce soir, tu ne crois pas ? demanda Nym.*

– *Oui, tu as raison, nous arrivons bientôt. Il reste*

une heure de course, tout au plus.

La louve ralentit la cadence puis s'assit pour m'attendre. Sa tête tomba sur le côté, la langue pendante, le souffle court, je ris devant son air enfantin. Je m'approchais plus près d'elle pour frotter mon museau contre le sien. Je voulais la faire mienne, mais il n'était pas temps. Je devais choisir le bon moment.

– *Je ne suis jamais allée à la cabane ! Jack ne m'a jamais laissée participer à de longues chasses.*

J'acquiesçai en abaissant la tête.

– *Il privilégie les meilleurs chasseurs, j'ai eu l'honneur d'y prendre part seulement depuis deux ans.*

Ses yeux de mercure liquide s'agrandirent de stupéfaction.

– *Essayes-tu de m'impressionner ?*

– *Je fais de mon mieux !*

L'odeur du gibier capta soudainement notre attention.

ↃOↄ

Le ragout de lièvre mijotait depuis notre arrivée dans la maisonnette. C'était un endroit paisible où il faisait bon vivre. Il n'y avait pas le confort de la vie moderne, pas d'eau ni d'électricité, encore moins de toilettes. Je m'en fichais, tout ce qui m'importait en cet instant était la femme à la longue chevelure bouclée, assise sur la terrasse. Je traversais les quelques mètres qui nous séparaient l'un de l'autre et lui tendis une tasse de café. Elle s'en saisit, un sourire aux lèvres. Je m'installais à ses côtés, attirais son visage plus près du mien et m'emparais de sa bouche adorablement sexy.

Rien au monde n'aurait pu briser ce merveilleux moment, ni le crépuscule déclinant, ni même le troupeau de cerfs qui passait négligemment devant deux prédateurs. Nym fut la première à craquer, ses mains cherchèrent une prise sur mon t-shirt délavé et trop grand pour moi. Sa frustration était telle que je lui donnai un coup de pouce. Je me redressai et entrepris d'enlever le tissu avec une infinie lenteur. Je savais qu'elle aimait cela, je l'avais remarqué dans ses yeux et aux pincements de sa lèvre inférieure quand nous étions dans la tour du Prince Vampire.

- Mumm, je sais que tu le fais exprès ! déclara-t-elle avec malice.

La commissure de mes lèvres s'étira, ses yeux fiévreux se remplirent de désir.

– Montre-moi alors ! la taquinai-je à mon tour.

Je fus étonné que Nym se prenne au jeu elle aussi. Je croyais qu'elle aurait plus de réticences à se laisser aller, mais non. Son corps se mouvait avec grâce, j'aimais la voir bouger ainsi. Ses seins nus étaient magnifiques dans la lumière du couchant, elle les cacha timidement.

– C'est de la triche ! me plaignis-je en enlaçant mes doigts aux siens.

Elle se mit sur la pointe des pieds, m'embrassa, sa poitrine s'écrasa contre mon torse. Le sang afflua davantage vers mon bas-ventre.

– Quitte ce pantalon !

C'était un ordre tellement sensuel, je poussais déjà mon jean du bout du pied. Le regard de ma partenaire se posa sur mon membre turgescent avec convoitise. Je haussai les épaules nonchalamment.

– J'ai envie de toi depuis notre départ !

– De sexe, oui, je l'ai senti.

Elle se tapota le nez. Je me saisis de sa main puis suçai l'extrémité de son doigt.

— Pas de sexe, de toi ! Pas de femmes, uniquement de toi ! la repris-je.

Je crus la voir rougir encore, mais elle baissa la tête pour que je ne puisse pas la contempler. Je relevais son menton et léchais ses lèvres afin qu'elle ouvrît la bouche. Pendant ce temps, je m'évertuais à la débarrasser de son pantalon. Mes doigts trouvèrent leur chemin jusqu'au petit mont de son intimité. Nym hoqueta quand je le pinçais avec douceur.

Dieux, j'adore l'entendre gémir !

— Raphaël, murmura-t-elle à mon oreille.

Des frissons me parcoururent jusqu'à chacune de mes extrémités. Mon sexe tressauta contre la peau de la jeune femme. Ses jambes tremblèrent, alors, de mon bras gauche, je la soutins pour qu'elle ne s'écroule pas. Je l'entraînais avec douceur sur le sol de la terrasse.

Un oiseau solitaire pépia non loin, l'une des tasses de café tomba de la table dans un bruit sec. Nous n'y prêtâmes pas la moindre attention.

Nym s'empara de mon érection et entama un mouvement de va-et-vient. Un râle de plaisir s'échappa du tréfonds de mon âme, j'insérai mon majeur en elle tout en donnant de petits coups de langue sur l'un de ses tétons gonflés par le désir.

— *Allonge-toi, me demanda-t-elle.*

— *Tu parles encore par l'esprit !*

— *Oui !*

Elle me sourit et me chevaucha, prenant une nouvelle fois la situation en main. J'avais conscience qu'elle en avait besoin, je me pliais donc à son bon vouloir. Pour le moment tout du moins, je me sentais vaciller toujours plus proche de l'abîme.

Je m'appuyais sur un coude pour me redresser, attrapant de nouveau son téton, elle grogna sous la surprise. Alors, je parsemais sa poitrine de doux baisers que je voulais encore plus tendres. Mes lèvres atteignirent la naissance de son cou, elle sursauta, ses yeux s'écarquillèrent avec appréhension. Je la sentis se tendre, j'arrêtais immédiatement mon geste.

Elle n'avait pas cessé ses va-et-vient.

– Nym.

Ma voix était éraillée, proche du grondement.

– Oui.

Je la soulevais de façon à m'assoir. Ainsi, elle gardait le contrôle de nos ébats.

– Je suis un mâle dominant. J'aime que tu me chevauches sauvagement, je te laisserai le faire autant de fois que tu le souhaites jusqu'au moment où tu auras assez confiance en moi pour me permettre de te prendre… Mais, j'ai besoin de faire les choses bien !

Elle arrêta de bouger, et l'angoisse qu'elle me fuit de nouveau fit naître une boule dans mon estomac.

– J'ai confiance en toi, chuchota-t-elle. Je n'ai… c'est, si nouveau pour moi… je…

– Nous ne rentrerons pas au village tant que tu ne seras pas mienne et que je ne serai pas tien ! J'ai compris que je perdais le contrôle depuis que nous étions coéquipiers. J'ai réalisé que je ne supportais pas de voir un autre mâle en ta compagnie, pas même Will !

La louve me sourit, prit mon visage en coupe et m'embrassa avec ardeur.

– Quand, je t'ai aperçue en compagnie du Nou…

d'Uriel, j'ai manqué de le déchiqueter !

Elle fronça les sourcils.

– Tu es parti.

Son bassin se mouvait, m'arrachant un râle de plaisir.

– J'ai eu peur de le tuer, avouai-je. Je ne me serais pas arrêté à temps, alors j'ai fui !

J'hésitai un instant, j'étais terrifié à l'idée que Nym ne soit pas prête à l'entendre. Toutefois, il était trop tard pour reculer, alors je me lançais, sans filet, sans l'assurance de savoir ce qu'elle-même ressentait.

– Je t'aime.

Le gris de ses yeux se mit à fondre pour devenir mercure, une larme solitaire coula le long de sa joue.

– Es-tu sûr de toi ?

Je reniflai narquois.

– Je n'ai plus le choix !

Nym m'asséna une tape un peu trop forte sur l'épaule. J'aurais un bleu pendant quelque temps, ce n'était pas grave.

– *Je t'aime, me répondit-elle mentalement.*

Seules des âmes jumelles pouvaient communiquer ainsi. La joie qui submergea mon cœur était telle que j'effaçais de mon esprit toute résistance, je la basculai en arrière avec précaution, tout en l'embrassant encore et encore.

Son bassin se cambra impatiemment pour m'accueillir de nouveau, j'entamais une danse lente et sensuelle. Ma bouche quitta ses lèvres rougies par nos baisers, je parcourus sa mâchoire et son cou jusqu'à la naissance de sa nuque. Je lapai sa peau sensible pour...

ma morsure fut soudaine et déclencha une vague de

douleur mêlée de plaisir. Le Lien d'Union se tissait peu à peu. Je léchais à nouveau la plaie pour empêcher le sang de couler.

– Tu es unique à mes yeux, déclara Nym, reprenant mes mots.

Sa morsure envoya une nouvelle vague de plaisir, mais cette fois, le Lien d'Union explosa. Le moindre effleurement devenait une délicieuse caresse, je ressentais son désir et son plaisir. L'extase ne se fit pas attendre davantage. Ses ongles se plantèrent dans ma peau alors que j'essayais de garder l'équilibre pour ne pas l'écraser sous mon poids.

Elle est ma compagne, mon âme jumelle ! Nym pleurait de joie. Nous avions tant à apprendre l'un de l'autre. Nous étions comme le feu et la glace…

– *Nous sommes…*

– *Unis !*

Index des personnages

* Lycanthropes *

*<u>Jack Bennett</u> : Alpha de la meute lycanthrope, il siège au conseil. Père de William et de Kaya.

* <u>Gilbert Black</u>: Bêta de la meute lycanthrope.

*<u>William Bennett</u> : Futur alpha de la meute lycanthrope. Fils de Jack et Mollo Bennett.

*<u>Mollo Bennett</u> : Mère de William et de Kaya.

*<u>Kaya Bennett</u> : Fille de Jack et Mollo Bennett.

*<u>Raphaël</u> : Fils adoptif du couple alpha. Meilleur ami de William.

*<u>Nym</u> : Fille de loups soumis.

*<u>Nakini Halloway</u> : Fille de Wrath, l'exécuteur de la meute.

*<u>Yuna</u> : Compagne de Kachada.

*<u>Kachada Krisley</u> : Compagnon de Yuna.

*Gildas : Autrefois haut placé, dans la meute de Jack. Il est parti en mission et a rencontré sa moitié au Japon.

*Rima : Compagne de Gildas, mère d'Uriel et Hajime. Rima est Japonaise.

*Uriel : Fils de Gildas, Frère ainé d'Hajime.

*Hajime : Fils cadet de Gildas.

* Ancienne*

*Elma : Sorcière non humaine. Elle a été la compagne d'un lycanthrope pendant de nombreuses années.

Changeling

*Elijah Macall : Fils de l'alpha de la meute métamorphe.

Chamane

*Meika : Chamane de la meute changeling, vieille amie d'Elma.

* Vampire *

* Gabriel : L'un des Princes vampires, membre du Conseil.

* Erié : Second de Gabriel.

*Vlademir Fletcher : Patriarche d'une vieille famille de vampires.

* Marius Fletcher : Un membre peu apprécié de la famille.

*Marissa Fletcher : Arrière-petite-fille de Vlademir et sa favorite.